Fabien GIUSEPPI

Petites histoires sur

Simon et Lola

A Marie

Une odeur. Simon et Lola étaient une odeur.

De menthe... Non.

De caramel...Non plus. Non !

Ils étaient des odeurs. Des centaines d'odeurs, qui tournicotent en l'air et frétillent sans s'arrêter. Voilà ! Ils étaient tous ces millions d'odeurs, ces mélanges sucré-salé, ces arômes d'enfance, doux et poivrés, ces parfums de glace au chocolat froids et chaleureux, ou encore les effluves dorés de cette pluie amère de décembre 1981

.Oui, ils étaient tout ça.

Une histoire de berceaux

Les parents de Simon n'en étaient pas à leur première naissance. Ils voyaient l'arrivée de leur second fils avec une sérénité inébranlable. Lorsque la mère de Simon eut ses premières contractions, aux alentours de vingt heures, son père prit d'abord le temps de terminer son repas. Il pensa ensuite qu'il ne pouvait se rendre à l'hôpital sans prendre une douche. Et décida de vérifier la pression des pneus avant de partir. On n'est jamais trop prudent. Encore plus quand on va (re)devenir papa. La ceinture bouclée, il mit le contact à vingt et une heures. A ses côtés, sa femme restait imperturbable. Le bébé avait beau lui toquer virulemment dans le bas ventre, agiter ses pieds et ses mains dans tous les sens pour annoncer son arrivée, son visage demeurait le même. Sérénité. Chez eux, tout semblait réglé à la manière d'une ancienne république communiste soviétique. Rien ne dépassait, rien de dysfonctionnait, pour quiconque les observait, le mécanisme de leur couple semblait optimal. Oui, ils étaient l'URSS telle qu'on la fantasmait dans les années soixante. Ils le savaient : leur travail allait être accompli, et ils s'en étaient particulièrement bien tirés. L'arrivée à l'hôpital perpétuait encore plus cette quiétude, et le regard complice qu'ils se jetaient en croisant un autre couple au bord de la crise de nerfs en disait long sur leur fierté. Ce couple qui déambulait à toute vitesse dans les allées de l'hôpital attendait probablement son premier enfant. Le ventre gonflé de la mère et ses multiples cris le confirmaient. Au moment où les deux couples se croisaient, deux mondes se confrontaient : celui de l'expérience face à celui de la découverte. Les parents de Simon gardaient leur flegme. Ils se dirigeaient vers une chambre sous le regard incrédule du médecin qui se permit même d'engager la conversation. Aucun médecin, d'ordinaire, ne parle avec de jeunes parents. Il rassure, il réconforte, il encourage, mais il n'est pas là pour parler. « Belle journée pour accoucher. Une naissance sous une température fraîche comme celle-ci présage de belles choses » dit-il. Pour la seule et unique fois de sa carrière, le docteur venait de parler de météo avant un accouchement. « Notre premier est né en juillet, ça nous changera » répondit la femme en regardant fixement le docteur dans les yeux. Scène surréaliste, que le médecin raconterait à coup sûr à ses collègues au déjeuner du lendemain. Le reste de la soirée fut une formalité. Après tout, il suffisait de pousser un bon coup, de crier un peu, et c'en serait terminé. Le père de Simon lisait tranquillement son journal et tenait à peine la main de sa femme qui, après quelques gémissements inévitables, finit par accoucher d'un bambin tout rose. Le 18 décembre 1981 à 1h12, Simon découvrait le monde pour la première fois.

    Les parents de Lola ignoraient tout du rôle de parent. L'arrivée d'un troisième pensionnaire dans leur vie tombait comme un cheveu sur la soupe. Jusqu'à présent, leurs existences respectives, leurs petites joies égoïstes, primaient sur tout le reste. Ils s'aimaient, mais pas au point de fonder une famille. La panique qui s'emparait d'eux lors des premières contractions devenait incontrôlable, envahissait leurs corps tout entier et semblait avoir coupé toute logique de pensée rationnelle. La jeune femme se secouait dans tous les sens, alors que le futur papa était statufié. Il pensait peut être que le fœtus ne grandirait jamais. Ou alors que le bébé resterait pour toujours dans l'utérus protecteur de sa compagne, qu'il y passerait sa vie entière. Prendre conscience qu'elle allait donner la vie à son enfant faillit mettre fin à la sienne. Autant le dire, tout cela sentait le chaos, le désordre, comme un film d'action américain des années soixante-dix. Ils l'incarnaient parfaitement, au fond, l'extravagance de ce mode de vie assurément capitaliste, orienté vers un consumérisme affiché, immédiat, insouciant du lendemain. Mais les cris de rage, les menaces proférées par la future maman finirent par sortir l'homme de sa torpeur, et avec le peu de vaillance qu'il possédait, il réussit à soulever la jeune femme pour la transporter jusqu'à la voiture. La sueur descendait lentement le long de ses tempes, chaque nouvelle goutte étant plus rapide que la précédente. Le chemin pour relier l'hôpital lui paraissait interminable. « Qui donc a construit toutes ces nouvelles routes ? » se murmurait-il. Comme pour se convaincre que le retard n'était pas de sa faute - mais bien celle de ces maudites routes - et surtout pour détourner son attention de ces hurlements stridents qui lui arrachaient les tympans. L'entrée dans le hall principal ne changeait rien : la jeune femme prenait son compagnon par la main et le tirait de force dans les couloirs jusqu'à passer devant un autre couple. Panique. Elle regardait le ventre de cette autre femme qui était tout aussi rond que le sien, mais dont l'attitude était si différente. Elle la dévisageait, la jalousait vivement, et pensait si fort qu'elle aimerait avoir elle aussi cette réserve, ce contrôle face à l'urgence. Après une légère bousculade involontaire, une infirmière vint les rassurer et les amener rapidement dans une salle d'accouchement. Des hurlements, quelques jurons, et un bébé plus tard, l'infirmière se hâta de poser la grande question « Et comment va s'appeler ce joli petit cœur ? ». Le couple se regardait et prenait conscience de son oubli ;

ils n'avaient encore jamais évoqué la question. La toute jeune maman leva les yeux, les dirigea vers le badge de l'infirmière, tourna la tête vers le papa désappointé et dit brusquement : « Comme vous ». Le 18 décembre 1981 à 1h12, Lola découvrait le monde pour la première fois.

C'est donc à cette heure précise, dans cet hôpital blanc et insipide, que Simon et Lola commençaient à renifler toutes les petites friandises de l'enfance, à déguster le chocolat de l'existence. Ils saupoudraient déjà, sans le savoir, des miettes de biscuit au sucre sur leur parcours commun.

Deux bébés seulement sont venus au monde cette nuit-là dans cet hôpital. Le temps de la procréation s'était arrêté, le droit à explorer l'univers était réservé à ce garçon dont le teint de peau évoluait paisiblement d'un rose criard à un rose pâle et à cette fille chez qui on pouvait déjà déceler de vifs yeux noirs. Positionnés l'un à côté de l'autre, les berceaux des deux nourrissons semblaient isolés du reste du monde, en lévitation dans une galaxie qu'eux seuls pouvaient atteindre. Le lien qui se tissait entre eux dès cet instant ne pourrait plus jamais se rompre. Lola fut la première à ouvrir les paupières, et s'apprêtait à brailler lorsque Simon ouvrit également les siennes. Imaginez ce premier regard, cet échange visuel originel dont aucune explication raisonnable ne saurait traduire la profondeur et la puissance. Ces quatre yeux qui se croisent et dont la pureté n'a encore été altérée par aucune intervention extérieure, par aucune pollution humaine. Simon captait Lola. Lola captait Simon. Dix, quinze, voire trente minutes de calme entouraient ce moment qui se situait dans une sphère au-delà de tout, dans une bulle de tranquillité, avant que ne vienne s'interrompre ce silence. Les deux mamans avaient échangé quelques amabilités dans les couloirs et venaient à présent veiller sur leur progéniture. La guerre froide avait pris fin, pour la première fois, à l'abri des regards, ici même pour la première fois. Communisme et capitalisme maternel réconciliés, pour le bien de l'humanité, et surtout de leurs petits trésors sucrés.

— Ils sont mignons ensemble, dit l'une des deux mamans (l'Histoire n'a pas retenue laquelle.)
— Un futur petit couple ? rétorqua la seconde (l'Histoire l'a également oublié)

Le « petit couple » deviendrait le surnom de Simon et Lola. Ils ne se quitteraient plus. Jusqu'à l'âge de deux ans, les deux bambins passaient leurs journées ensemble, tantôt chez l'un, tantôt chez l'autre, mais essentiellement à la crèche du Chat Botté. Chacun d'eux avait sa manière d'être, et il n'était pas rare de voir Lola jouer avec d'autres enfants, alors que Simon privilégiait systématiquement des jeux solitaires. D'aucun croyait que tous les deux étaient jumeaux, en dépit de différences physiques qui devenaient chaque jour plus flagrantes. La peau de Simon était désormais d'une blancheur absolue, comme privée de soleil. Tout le rose de sa naissance s'était évaporé. On voyait naitre dans ses yeux noisette une réelle malice et dans son comportement une volonté affichée de protéger Lola, dont les longs cheveux noirs attiraient immanquablement les autres petits garçons.

Pour comprendre profondément l'histoire de Simon et Lola, il faut saisir l'importance de cette période-là. Une sorte de vague semblait constamment ramener celui des deux qui s'éloignait sur une plage où l'attendait l'autre. Et quand on saisit la force de ce lien, on ne s'étonne pas de ce qui va suivre.

C'était un jour d'avril 1983 (d'après ce qu'on en sait) que tout arriva. Simon et Lola sortaient de leur sieste quotidienne, revenant de rêves lointains parsemés d'ours en peluche et de clowns multicolores, et tous les deux se mirent tout à coup sur leurs deux jambes. A une ou deux secondes d'intervalle, pas plus, l'un en face de l'autre, tel deux cow-boys miniatures se provoquant en duel. Un premier pas en avant pour se rapprocher, un second pour se regarder et soudain sortit de leur bouche un son fragile et fluet créant la stupéfaction auprès des animatrices de crèche présentes :

— Simon, dit Lola
— Lola, dit Simon

Leur premier mot était le prénom de l'autre, et autant que l'on s'en souvienne, ce mot resta le seul et unique de leur vocabulaire bambin durant de longues semaines. Ils l'utilisaient pour tout – un peu comme le célèbre Marsupilami emploie son « ouba ouba » en toutes circonstances – que ce soit pour demander à manger, pour signaler une envie de dormir ou pour obtenir un jouet. Seule l'intonation fluctuait. On entendait ainsi des « Lola » doux lorsqu'il s'agissait de dormir. On entendait plutôt des «Simon » menaçants, voire haineux, lorsque l'envie lui prenait d'obtenir une peluche. Le reste de leur enfance fourmillait de petits instants délicats de ce type. Ce qu'il faut avoir en tête, c'est bien cette relation incassable, d'une solidité à toute épreuve, imperméable aux gens et aux aléas de la vie. Dans leur monde, ils se suffisaient. A deux, tout semblait merveilleux, à travers leurs yeux candides, leurs rires divins, ils échappaient à tous les autres. A l'âge très précis de trente-six mois et huit jours, Simon et Lola vivaient dans un espace secret, à deux, et envisageaient certainement de passer un bon millier de mois supplémentaire ensemble.

L'entame de cette seconde histoire en est d'autant plus étonnante.

Une histoire de mariage

Elizabeth détestait trois choses par-dessus tout dans la vie : le mensonge, la moutarde et les mariages bâclés. Les deux premiers lui étaient supportables. Le dernier lui était inenvisageable. Elle dont le « z » du prénom lui donnait un côté « so british ». Elle aimait d'ailleurs que les gens l'appellent « élizabef », à l'anglaise. Ca évitait par la même occasion les calembours façon « élisa bête », à la française. Le même prénom que la reine, qui plus est. Bien qu'elle n'ait aucune racine britannique, Elizabeth se plaisait à ce petit jeu, faisant parfois croire à son petit royaume de connaissances qu'elle venait d'Angleterre. De Brighton, disait-elle. Ca faisait classe, ce « Braïtonne ». Elle faisait donc partie de ces femmes qui font du jour de leur mariage la priorité de leur passage sur Terre. et qui idéalisent cette union depuis l'âge de quatre ans. En ce 28 juillet 2008, Elizabeth n'avait qu'un souci en tête, ou plutôt deux : que le repas servi soit à la hauteur de ses attentes et que son futur mari ne prenne pas peur au dernier moment. Sans doute avait-elle regardé trop assidument ces comédies romantiques pataudes où le héros décide au dernier moment de partir et où la pauvre mariée se retrouve seule, en sanglots et désespérée. Hors de question que sa vie soit une mauvaise comédie romantique ! Trop de temps, trop d'énergie, trop de souffrances lui avaient été nécessaires pour toucher son rêve de mariage parfait du bout des doigts. En bonne reine, elle régnait sur son petit monde. Son grand jour devrait être LE grand jour. Même la couleur des serviettes en papier l'avait obsédé pendant des heures au point d'en faire des cauchemars (on ne parle jamais assez du fléau des serviettes en papier). Ce jour, elle l'imaginait parfaitement depuis plus de vingt ans. Dans quelques heures, elle serait mariée. Entourée de ses deux sœurs cadettes, toutes trois fignolaient les derniers détails vestimentaires avant la grande cérémonie, enfermées dans une petite pièce isolée de tout, avec pour seul compagnie celle d'un énorme miroir, accessoire indispensable. Elle se regardait, décortiquait les moindres fragments de son apparence et demandait chaque seconde l'approbation de ses sœurs concernant la perfection de sa tenue.

— Je suis bien ?
— Oui, répondaient mécaniquement les deux sœurs. Remarquons que le ton de ce « oui » devenait exaspéré au fur et à mesure que l'heure fatidique approchait.

Face à cette image d'elle-même, Elizabeth sentait remonter de lointains souvenirs. Elle se voyait d'abord petite fille, toute rigolote avec ses lunettes rouges, puis adolescente avec sa passion immodérée pour le style Grunge et son idolâtrie non moins modérée pour Kurt Cobain. Et enfin resurgissait ce jour qui fatalement l'amenait jusqu'ici. Ce jour où elle a rencontré son compagnon. Elle qui croyait au coup de foudre, à la magie et à la puissance de « la » rencontre, elle était encore surprise d'y repenser. Elle tentait de remettre chaque pion de cette journée sur l'échiquier de ses pensées, et se souvenait que tout avait commencé de la plus classique des façons. Le ciel n'était ni gris, ni bleu. Les gens ni moins, ni plus aimables que d'habitude. Les informations ni moins, ni plus déprimantes. Non, vraiment, rien ne laissait présager que ce jour resterait comme un des moments clé de sa vie. Et surtout pas dans un contexte aussi falot que celui d'une file d'attente à la Poste.

Au fond, c'est beau, une file d'attente. Toutes sont créatrices de rapprochements. Il y a tant de vies, tant de pensées immédiates dans ces endroits-là. L'immobilisme physique de la file crée un vaste tourbillon cérébral, qui amène chacun de ses occupants à ressasser ses problèmes, à gamberger sur ses aspirations, à juger ceux qui l'entourent. Elizabeth, elle, devait envoyer un colis à sa mère (un ensemble de vieux magazines dont elle faisait la collection, et qui auraient autrement terminé dans une triste poubelle) et prit place dans la queue. Devant elle était planté un jeune homme au regard perdu, dont la maladresse transparaissait sur le visage et qui courbait légèrement la tête sur la droite en fixant un point invisible devant lui. Elizabeth s'impatientait et posait son attention sur sa montre, ou sur l'écran de télévision placardé sur sa droite qui retransmettait des images d'actualité diverses. On y voyait le récent vainqueur du Tour de France nier des accusations de dopage. Les gens avançaient, les uns après les autres, tels des zombies. L'homme devant elle eut alors un bref mouvement de recul et heurta le pied droit d'Elizabeth. Sa première réaction fut de râler et de faire comprendre à cet énergumène toute la gaucherie dont il faisait preuve. Il s'excusa à peine d'un geste de la main. La file d'attente reprenait alors son cours. Elizabeth s'égarait dans ses pensées et, tout en regardant la télévision, se disait que, quand même, ce cycliste était drôlement moche. Un remue-ménage commençait devant elle, lui faisant oublier l'écœurement que lui provoquait le sportif pour l'univers plus terre-à-terre de la Poste. « Il vous manque un timbre monsieur, je suis navré » répétait le guichetier coincé derrière sa vitre de verre en s'adressant de manière assez autoritaire à l'homme qui la précédait dans la queue. A la fois agacée et prise d'une soudaine empathie pour le misérable garçon, Elizabeth l'écarta vigoureusement du bras, sortit de sa poche un timbre qu'elle posa devant le guichet et dit « Voilà, ça fera l'affaire !». Le guichetier paraissait déçu de ce revirement de situation et tapotait ses lunettes tout en saisissant le timbre. « Merci » dit l'homme tout penaud. Tout laissait à penser que le « de rien » prononcé par Elizabeth mettrait fin à cet épisode, mais contre toute attente, il ajouta :

— Donnez-moi votre adresse, je vous enverrai un carnet de timbres pour vous rembourser.

Elizabeth prit cette demande pour un acte de drague. Ce n'était pas le cas. Le garçon voulait simplement mettre un point d'honneur à rembourser sa dette de cinquante-six centimes. Déployant son sourire le plus séducteur, elle se laissait prendre dans un jeu qu'elle maitrisait peu, en dépit de l'assurance royale qu'elle dégageait :

— On pourrait plutôt se voir un de ces soirs ?

Ca ne lui ressemblait pas. Jamais elle ne faisait ce type de proposition - qui plus est à un inconnu !- de manière aussi directe. Elle pensait depuis toujours qu'une femme qui aborde un homme aussi directement n'a aucune valeur morale. Elle s'étonnait d'autant plus de sa réaction, et tentait de conforter sa posture en relevant les épaules. En face, l'homme semblait perdu mais accepta finalement la proposition. De cette manière ou d'une autre, l'essentiel était pour lui de régler sa dette.

Le rendez-vous fut convainquant. Du moins, assez convainquant pour que chacun accepte d'en planifier un second. Lui-même moteur pour en placer un troisième. Au bout de quatre rendez-vous, ils officialisaient leur relation. Au bout de quatorze, ils prenaient leurs premières vacances de couple. Au bout de vingt-deux, ils décidaient d'emménager ensemble. Au bout de trente-cinq, Elizabeth pensait qu'il était temps de se marier. Deux ans plus tard, elle se retrouvait dans cette petite pièce, devant ce miroir, séparée de quelques dizaines de mètres de son futur époux, s'apprêtant à vivre le jour le plus mémorable de sa vie. Elle cherchait surtout à se rassurer, à se persuader que tout irait bien, car au fond, depuis le jour de leur rencontre, Elizabeth savait qu'elle l'épouserait, son Simon.

Une histoire de grippe

A sept ans, la vie de Simon et Lola ressemblait à une mélodie joyeuse, à une chanson des Beach Boys, à une farandole de couleurs sucrées. Aucun ennui n'avait encore entaché leur naïve pureté. En classe, le caractère docile de Simon s'opposait à la fougue de Lola. Une différence qui poignait jusque dans leur conception des choses. Lola captait le monde en images, Simon le décryptait en paroles. Pour Lola, réciter une poésie signifiait voyager, collecter des symboles, s'élever dans une bulle de rêve et de magie. Chez Simon, des milliers de mots flottaient dans les airs lorsqu'il lisait, parlait ou écoutait. Devant ses yeux brillaient des tas de lettres, grandes, petites, rondes ou plates. Lorsque l'institutrice leur demandait d'apprendre par cœur la comptine de Prévert « Comment faire le portrait d'un oiseau », Lola n'eut aucune difficulté à mémoriser ces multiples dessins de jardins, de bois, de forêts qui sonnaient la liberté, lui donnaient l'impression de n'avoir aucune limite. Elle mettait de la vie dans sa narration, elle y mettait sa vie, et charmait tout son auditoire. Simon, tout aussi rapidement, appris les vers, les uns après les autres, récitant le poème parfaitement, sans éclaboussures aucune, avec la satisfaction de croquer les mots, de savourer cette berceuse littéraire. Ces différences, tout leur entourage les percevait, mais eux seuls ressentaient qu'elles étaient le ciment de leur relation.

A neuf ans, les personnalités de Simon et Lola s'étaient déjà bien affirmées. Il n'était pas rare de voir Lola emporter Simon dans ses idées d'aventure, de l'associer à ses coups de tête, alors qu'il semblait hiberner dans le matelas de ses habitudes d'enfant. Leur première grande aventure fut, sans surprise, commanditée par Lola. Un lundi matin d'octobre, là où les paupières ont encore du mal à s'ouvrir, où les écoliers pensent plus à leur oreiller qu'à la dictée du jour, Lola avait envie d'aventure. Entre deux phrases dictées, elle arracha un morceau de papier dans son cahier pour le donner à Simon. « Ce soir, c'est l'aventure », avait–elle griffonné de son écriture encore mal maitrisée. Sans comprendre, mais toujours subjugué, Simon la suivait à la sortie des cours. Elle lui racontait ses rêves de fuir, d'être une globe trotteuse américaine – les russes, c'étaient des méchants – pour visiter le monde, à commencer par cette place isolée où elle avait amené une toile de tente. Il faisait nuit désormais. Malgré la peur d'être loin, loin de chez lui, Simon trouvait son courage dans les yeux noirs de Lola. Tant et si bien qu'il trouvait la force, ici, de lui lire un petit poème qu'il lui avait consacré. « Lola ici. Lola là-bas. Lola en haut. Lola en bas. Mais pour toujours, ma Lola à moi » disait-il de sa plus belle voix de poète de grand garçon. Tous les ingrédients d'une parfaite aventure étaient réunis, mais l'idée que l'on se fait du « loin » à neuf ans est toute relative. Accompagnés de son grand frère, les parents de Simon ouvrirent le rideau de la tente installée à deux cent mètres de chez eux et, suite aux réprimandes parentales de circonstances – raccompagnaient Lola chez elle à vingt heures trente. Les deux flibustiers garderaient de cette escapade des rêves ronds tout plein de douceur.

A onze ans, Simon et Lola savaient ainsi tout l'un de l'autre. Jusqu'ici, leur vie était rythmée par le train-train de l'école, des activités extra scolaires dans lesquelles ils prenaient plus ou moins de plaisir et des soirées en famille. A onze ans, notre vie ressemble à s'y méprendre à celle d'une poule. Mais un rituel immuable, primordial à leur bien-être passait avant toute chose : passer leur samedi après-midi ensemble. Simon attendait toujours Lola avec la plus vive impatience aux alentours de quatorze heures, et le sourire lui montait aux lèvres à l'entente des deux coups de sonnette salvateurs qui annonçaient son arrivée. Il enfilait ses pantoufles, descendait fougueusement les escaliers trois par trois pour ouvrir la porte et découvrir une Lola toujours badine. De son côté, Lola voyait dans ce samedi l'échappatoire idéale à la morosité qui régnait chez elle. Elle sentait une atmosphère de détestation entre ses parents et avait horreur de se retrouver au milieu de leurs engueulades. Quand elle voyait Simon ouvrir la porte, c'était un autre monde qu'elle rejoignait. Celui de l'insouciance et de l'innocence profonde. Personne ne sait exactement combien de samedis de ce type ont eu lieu, mais ces demi-journées paraissaient toujours hors du temps, comme un ballon de baudruche qui s'envole doucement dans le ciel sans savoir à quel moment il redescendra. Toujours, Lola parlait et Simon écoutait. Elle possédait ce don incroyable d'avoir toujours quelque chose à raconter. Et même lorsque ses histoires pouvaient sembler moins intéressantes, Simon ne perdait pas une miette et se disait qu'il aimerait tellement avoir le talent de conteuse de Lola. Il se demandait parfois si elle inventait tout, si elle avait lu ces aventures ou si elles lui étaient réellement arrivées, mais n'osait jamais poser la question. Quelle qu'aurait été la réponse, elle aurait inévitablement brisé en lui une sorte de mythe. Elle le faisait voyager, l'emmenait avec elle sur des planètes inconnues, sur des îles ensevelies aux trésors cachés, le transportait sur l'aile d'un avion en flamme. Elle berçait son temps. Tout en l'écoutant, Simon en profitait pour l'écrire. Pas ses histoires, non, elle. Ecrire

Lola, ses goûts, ses postures, ses mains, ses pieds, son ongles, sa salive…bref, écrire sa muse. Il aimait ça, faire s'entrechoquer les mots avec le sourire de Lola. Parfois, elle demandait à lire. Il refusait. Alors, parfois, elle lui arrachait son carnet des mains. Il luttait. Alors, parfois parfois, elle lisait à haute voix. Il se cachait. Ce petit jeu, elle l'adorait plus que tout. Et lorsqu'elle souhaitait un samedi après-midi plus calme, ou qu'elle n'avait pas envie de parler, Simon le comprenait. Il devinait en voyant sa frimousse si elle était gaie ou plutôt passive, et avait trouvé le moyen de contourner ce problème. Car, même s'il l'avait voulu, Simon ne se sentait pas capable de tenir la conversation et de trouver des sujets assez captivants pour Lola. Il jouait donc de malice, préférant mettre de la musique quand le silence régnait. Très vite, une chanson s'imposait à eux, devenant leur étendard, reflétant toute leur complicité : « Lola » du groupe The Kinks. Tous deux enfermés dans la chambre de Simon, ils dévoraient ces accords de guitare à leur manière. Lola secouait la tête de gauche à droite très délicatement en fermant les yeux. Simon fixait Lola, assis les jambes croisées sur son lit, se taisait et attendait, impatient, la fin du titre rempli de ces « Lololololo Lola » qui crépitaient dans sa tête. Chaque frottement de corde était comme croquer dans un morceau de pâte d'amande, pour laisser ensuite le sucre pénétrer tous ses sens. Il faut s'imaginer cette scène en fermant les yeux : deux jeunes pré-adolescents, cette chanson en fond sonore et le temps qui semble s'arrêter. Vraiment, de cette époque dorée, les samedi après-midi sont le point culminant.

Le reste était train-train. Ils étaient de bien banals collégiens au milieu d'un bien banal troupeau. Les semaines s'écoulaient, les années aussi, faisant d'eux de jeunes adolescents. Peu importait l'heure, peu importait la matière, ils étaient toujours assis l'un à côté de l'autre, et forcément dans la même classe. Quel drame cela aurait-il été si on les avait séparés ! A l'entrée de la classe de cinquième, pourtant, le drame était proche. En voyant leur nom sur les listes de classe, un frisson parcourut le corps de Simon et Lola : ils n'étaient pas ensemble. Leurs fondations sociales s'écroulaient alors, chacun ayant l'air totalement abandonné et perdu. Au bout de trois jours, tous les deux ne dormaient plus et se nourrissaient à peine. Face à cette situation, la décision fut prise de changer Simon de classe pour le mettre dans celle de Lola. Le lendemain, le sommeil était retrouvé et leur appétit ne fut jamais aussi fort.

Pour les autres élèves, ce duo inséparable était déstabilisant, voire effrayant. Simon et Lola n'éprouvaient aucune antipathie pour les autres, et trouvaient d'ailleurs la plupart de leurs camarades sympathiques, mais créaient inconsciemment une barrière avec eux. Ceux qui avaient tenté d'intégrer leur duo furent bien accueillis, mais vite oubliés. Les discussions, les regards, les petites attentions, ils les gardaient pour eux deux et effaçaient sans le vouloir toute personne étrangère à leurs petites habitudes. C'est ainsi qu'une distance involontaire se créait avec les autres. Ces « autres » qui pouvaient dresser un portrait perspicace des deux isolés. Simon apparaissait comme assez réservé, plutôt réfléchi et bon élève. Pas le bon élève qui étale son savoir et qui souhaite écraser les autres. Non, le bon élève ordonné, attentif et peu bavard, pour qui il semble si facile d'obtenir de bonnes notes. Même ses tenues témoignaient de ce comportement. Son style était plus classique que le classicisme lui-même. A un âge où les garçons se soucient de leurs cheveux, de leurs éventuels boutons, de la marque de leur pantalon, Simon semblait loin de ces préoccupations. Peut-être se souciait il avant tout de Lola ? D'aucun insinuait d'ailleurs que Simon faisait ses devoirs à sa place très fréquemment. Lorsque Lola avait une bonne note, les regards se tournaient vers lui et de nombreux murmures remplissaient la salle de classe. Il faut dire que Lola ne bénéficiait pas de cette même image. Elle était dotée d'un tempérament plus bouillant, plus vif, et se distinguait par sa forte curiosité. Elle n'avait certes pas les résultats de Simon, mais attirait la sympathie des professeurs par sa bonne humeur. Pour une fille de cet âge, elle semblait grandement épanouie intellectuellement, comme si elle avait déjà quitté ce moment de l'adolescence où l'on se cherche, où l'on doute de ce que nous sommes et de ce que nous voulons devenir. Aux yeux des autres, Lola paraissait plus accessible et vue comme la clé d'entrée à un échange verbal avec le duo. Sa gaieté était vraiment contagieuse et transpirait jusque dans son allure. Rouge, orange, jaune, étaient des couleurs qu'elle arborait régulièrement et qui complétaient ses compositions capillaires parfois excentriques. L'air épanoui de Lola faisait d'elle la fille que tous les parents auraient voulu avoir, et ses yeux noirs en forme d'amande celle que plus d'un garçon admirait en secret.

Mais, si cette complicité en désorientait certains et en amusait d'autres, elle créait chez les plus vicieux une jalousie à peine masquée. En janvier 1994, une épidémie de grippe avait envahi le collège. Un tiers au moins des élèves se retrouvait ainsi cloué au lit, manquant plusieurs jours de classe. Peut-être parce qu'il était plus résistant, ou plus certainement car sa mère l'avait gavé de médicaments et prévenu contre les dangers de la maladie, Simon avait échappé au virus. Lola, en revanche, faisait partie des malades et n'avait plus la force de se déplacer en cours. Depuis deux jours, Simon se retrouvait donc seul du matin au soir. La situation créait un inconfort inhabituel chez lui, elle créait une brèche, une fêlure dans laquelle deux garnements, secrètement amoureux de Lola, allaient s'engouffrer. Simon voyait bien que les deux gamins l'épiaient et se moquaient de lui depuis l'absence de Lola. Ils savaient que, sans elle, toute la protection qui l'entourait n'existait plus, et que toute sa vulnérabilité refaisait surface. Les pervers, les jaloux, les méchants sentent la moindre occasion d'imposer leur cruauté aux autres. Les taquineries commencèrent avec des bouts de papier envoyés dans le dos de Simon pendant les cours. Elles prenaient une autre allure quand, durant la séance de sport, les deux garçons volèrent les vêtements de Simon pour les mettre à la poubelle. Il finit donc sa journée en T-shirt et survêtement, dégoulinant de sueur. Mais les vacheries enfantines peuvent aller plus loin, trop loin même. Alors que Simon retournait chez lui, il sentait qu'on le suivait.

Tout était sombre en ce mois de janvier et une fine pluie tombait sur son cartable. D'un coup, l'un d'eux lança :

— Eh ! N'approche plus jamais de Lola ou je te casse la gueule !

S'ensuivit un coup de pied au ventre et un départ en courant, symbole du courage de ces brigands qui attaquent à plusieurs, dans le noir, et qui s'enfuient ensuite. Toute la nuit, Simon eut des vertiges, la peur envahissait complètement son corps et il n'envisageait même plus de retourner en classe le lendemain. Heureusement, le sort avait décidé de lui faciliter les choses. En arrivant à l'arrêt de bus, Simon aperçut une silhouette orange, avec un parapluie noir et un sac qui ne pouvait être que le sien. Lola était là, remise de sa maladie et souriante comme à son habitude. Tout le malheur contenu dans le corps de Simon s'envola d'un seul coup. Néanmoins, Lola comprenait vite que quelque chose n'allait pas en voyant l'air éloigné qu'affichait son Simon. Au départ, il ne voulait rien lui dire, mais face à l'insistance de Lola, finit par tout lui avouer : les boulettes de papier, ses vêtements dans la poubelle, jusqu'au coup de pied. Jamais avant ce jour, et jamais plus depuis d'ailleurs, Lola ne parut si électrique, bouillonnante comme si elle allait exploser de l'intérieur.

Sa hargne était telle qu'elle ne perdit pas une seconde. Arrivée en classe, elle joua de son charme pour attirer les deux brutes dans un coin de la cour de récréation, puis leur asséna à chacun un coup de pied dans l'entre-jambes. La violence du choc paralysa les parties des deux garçons pendant plusieurs jours. Par fierté – comment avouer qu'une fille les avait ridiculisés ? – et aussi conscients que la faute leur retomberait dessus s'ils parlaient, tous les deux se turent. A partir de ce jour, Lola s'était promis de ne rater aucun jour de classe, même avec quarante de fièvre ou une jambe cassée. Etrangement, plus aucun mal ou taquinerie ne serait fait à Simon suite à cet épisode. Et, plus que jamais, Simon et Lola vivaient à l'écart du groupe.

Les années collège défilaient paisiblement à la manière d'un petit ruisseau de campagne. Ils étaient deux sur la petite embarcation qui les menait vers la classe supérieure, et franchissaient tranquillement les étapes ensemble. Du moins, Simon aidait Lola à passer les épreuves délicates, toujours avec retenue et sans rien demander en retour. Dans son esprit de collégien fragile, elle lui avait sauvé la vie. Il était donc normal qu'il l'aide à faire ses devoirs. Une vie sauvée valait bien quelques équations.

L'été qui marquait le passage du collège au lycée fut particulièrement mémorable pour Simon et Lola. Ils avaient trouvé, durant le mois de juillet, un coin d'herbe en plein soleil qui surplombait la ville, et s'y installaient tous les jours pendant des heures. Ils y étaient seuls, et se sentaient comme immortels, comme des Dieux qui admiraient les toitures et les allées-venues des gens de manière totalement insoupçonnée. Ils évoquaient toute sorte de chose. Enfin, surtout Lola. Simon aspirait toujours ses paroles. La métamorphose physique qu'on connait chez beaucoup de jeunes garçons n'avait pas frappé Simon. Il restait toujours chétif, l'air perdu dans ses pensées, et une coupe de cheveux identique à celle de ses trois ans. Lola, elle, soignait avec la plus grande délicatesse ses longs cheveux noirs, et commençait à entourer ses yeux avec du mascara discret, attirant à coup sûr les regards masculins en sa direction. Tomber en face à face avec les yeux de Lola était un piège duquel bon nombre d'aventuriers non aguerris ne pouvaient plus se sortir. Elle parlait, déversant sur Simon ce doux arôme d'une histoire fascinante. Elle partait, parfois, dans de touchantes observations, Lola. Simon était le récipient qui recueillait ses pensées.

- Tu te rends comptes…Il n'y aura qu'un seul été 1996…Il n'y aura qu'un seul 28 juillet 1996…et – Lola regarda sa montre – jamais quinze heures trente-deux et vingt-huit secondes ne sonneront à nouveau aujourd'hui. Un jour, on se souviendra de cet instant avec des papillons plein la tête, nos yeux vieillis auront vus le monde mais la jeunesse survivra grâce à ce que nous captons maintenant. Là.

- …
- J'aimerais pouvoir en faire des photographies. Tout stocker dans un coin de ma tête et l'explorer quand je le veux. Pas toi ? De cette vue, de tout ce qui m'entoure…Savoir parfaitement ce que je faisais, à chaque seconde de ma vie, pour le raconter à mes descendants.
- …
- Regarde cette voiture…elle passe là, en bas, mais n'y passera plus jamais de cette manière. Et puis, toi et moi, nous sommes là, alors qu'à chaque seconde nous nous transformons. C'est beau mais ça fait peur, le temps qui passe…

Que pouvait répondre Simon ? Il aspirait les paroles de Lola comme un bébé tête un biberon. Il aurait voulu les attraper au vol, les prendre dans son filet, les beaux discours de Lola. Dans ces moments-là, il savait qu'elle l'avait presque oublié, comme si elle parlait seule, assise dans l'herbe, le pantalon légèrement taché de vert, et l'esprit en arc-en-ciel. Il écoutait sagement – quoi de plus beau que les confidences de Lola ? - mais profita d'un instant de calme pour poser une question qui le hantait :

— Explique-moi comment pensent les filles, dit-il en tournant ses grands yeux ronds vers Lola.

Celle-ci ne parut en rien surprise, comme si elle attendait depuis des années cette question qui sortait enfin de la gorge de Simon. Revenue du tour du monde de ses rêves, ses yeux pétillaient au moment de lui répondre.

— Tu veux savoir quoi au juste ?
— Tout, enfin le plus possible !
— Eh bien…c'est pas compliqué. Les filles pensent exactement le contraire des garçons.
— … ?
— Tu aimes le sport ? Pas nous. Tu penses qu'un vêtement est beau ? Nous préférons le brûler plutôt que de le porter. Et, surtout, si tu crois qu'une fille est amoureuse de toi, ça signifie que tu ne l'auras jamais.

Simon paraissait perplexe, et fit une moue déconfite avec sa bouche qui montrait tout son étonnement face à cette explication.

— Fuis nous, et on te collera. Colle nous, et on te collera…une gifle !
— Ah…
— Tu es amoureux c'est ça ? Hein ? Lola prenait un plaisir affiché à titiller Simon. Tu es a-mou-reueueueueux !

Elle le connaissait si bien. Elle savait qu'il rougirait, qu'il se défendrait en niant et qu'il finirait par ne plus rien dire. Ce fut évidemment le cas. Pour s'excuser de sa maladresse, Lola fit une chose qu'elle n'avait pas anticipée, laissant parler son instinct, et qui, malgré tous ces jours passés ensemble, ne s'était encore jamais produite. Elle saisit la main de Simon, la serra délicatement et lui adressa un bisou sur la joue droite. Un geste tendre digne de deux enfants, qui resterait pour de longues années dans leurs mémoires. Seuls, dans un océan de tranquillité, pleins de béatitude, ils auraient voulu arrêter la marche du temps pour le faire durer toute la vie, cet été-là.

L'église sonnait seize heures, nous étions le 28 juillet 1996 et Simon et Lola étaient seuls sur le toit du monde.

Une histoire de « je le veux »

L'horloge affichait seize heures, nous étions le 28 juillet 2008 et Simon se sentait bien seul au monde. Au sommet de son angoisse. Là où le futur marié commence à faire face à ses responsabilités et prend conscience que tous les membres de la famille, tous les amis, ont les yeux rivés sur lui. L'angoisse, chez Simon, était autant liée à l'ampleur de l'événement qu'à l'obligation de devoir faire face à un océan de spectateurs qui le dévisageaient. Heureusement, ses deux frères se trouvaient à ses côtés sur l'autel, et savaient trouver les mots justes pour le réconforter.

— A ta place, je serai paralysé frérot, fit l'ainé des trois, en lui donnant un bref coup de coude fraternel.

Dans la famille, réconforter ou soulager n'était pas vraiment une habitude. On n'évoquait jamais les sujets délicats, et quand il fallait combler l'inquiétude par la parole, le discours sonnait souvent faux. Mais il était plein de belles intentions, et c'était ce que Simon voulait retenir avant tout. Le cadet ne disait rien, debout derrière Simon, l'air indifférent. Sa préoccupation principale était d'examiner la foule féminine pour trouver une potentielle jeune fille à séduire. Une des sœurs d'Elizabeth, sûrement, était déjà dans son viseur.

Tous les trois étaient en place, bien alignés, comme prévu. Il ne manquait plus que la mariée, qui surgirait d'une seconde à l'autre de la porte du fond. Un suspens planait au-dessus de l'assistance qui restait de marbre, sage et impassible face à l'attente. Ces secondes de vide permettaient à Simon de réfléchir. A des détails tout d'abord, comme celui de vérifier si sa braguette était bien fermée. Se marier la braguette ouverte lui aurait réservé de nombreuses anecdotes amusantes dans les années à venir, mais il préférait s'en passer. Puis il vit défiler ces derniers mois avec Elizabeth. Il repensait à sa demande en mariage. Pas la sienne, à lui. Non. La sienne, à elle. Oui, car Simon avait été demandé en mariage par Elizabeth. Cela ne lui posait dans le fond aucun problème, mais d'un point de vue social, cela remettait en cause sa virilité et son courage. C'est pourquoi, lorsqu'il raconterait la demande en mariage aux invités, il inverserait systématiquement les rôles. IL avait organisé cette sortie au restaurant. IL avait payé ce chanteur lyrique un peu prout-prout qui avait apporté la bague. IL avait rédigé et lu un poème devant les yeux écarquillés des autres clients. ELLE avait dit oui. ELLE avait pleuré de joie. Un mensonge utile pour son statut, obligatoire pour son rôle de mari. L'orgue se mit à jouer, interrompant ses pensées, faisant se retourner d'un seul coup tous les invités en direction de la porte du fond. Elizabeth apparut et les traditionnels chuchotements envahissaient le lieu, chacun y allant de son commentaire sur la beauté de la robe, sur la précision de la coiffure, sur le rythme de ses pas. L'arrivée d'une mariée est une sorte de défilé de mode où la conclusion générale est toujours la même : elle est magnifique. Elizabeth avançait calmement, des centaines d'yeux dans sa direction – normal que tout le monde admire la reine - Simon regardait vers elle, mais sa vue s'était désunie. Son cœur s'était mis à battre très fort, lui donnant l'impression de quitter son corps tant il palpitait. Il était figé, totalement immobile, et plissait les yeux pour vérifier qu'il ne rêvait pas, mais sa vision se floutait sous le coup de l'émotion. Un tourbillon remplissait sa tête. Seule la petite tape sur l'épaule donnée par son frère ainé le fit revenir à la réalité. Elizabeth se trouvait déjà à côté de lui, et toute la salle le contemplait. Il secoua légèrement la tête, avala un peu de salive, et se tourna vers Elizabeth en lui adressant un sourire feignant la joie. Au moment où les vœux commençaient à être prononcés, l'esprit de Simon était très loin de son corps. Il entendait vaguement des « Si vous l'acceptez.. », des

« Nous sommes réunis… » mais était incapable de focaliser son attention de manière soignée. Non, il ne voulait pas y croire. Il avait sûrement rêvé. Comment serait-ce possible ? Non, vraiment aucune chance, aucune probabilité. Ses yeux l'avaient tout simplement trompé. Mais pourquoi cette image restait-elle en lui ? Pourquoi, lorsqu'Elizabeth prononçait si fièrement son « je le veux », pensait-il encore à ce qu'il avait vu au fond de la salle ? Des images, des sons, des odeurs lui revenaient d'un coup et l'effrayaient. Il dit « je le veux » mécaniquement, d'un ton monocorde comme s'il s'agissait d'un simple achat à la boulangerie du coin. Quelques minutes plus tard, il se retrouvait à traverser l'océan humain que formaient les invités et franchissait la porte de sortie. Tout ceci dans le même remous psychologique. La joie qu'il se devait d'afficher sur son visage avait laissé place à toutes sortes d'interrogations.

Et d'un coup, une avalanche de certitudes recouvrait sa montagne de doutes. Il n'avait pas rêvé : Lola était là.

Une histoire de questionnaire

Les plus grands duos connaissent aussi des périodes de tourments. Roméo et Juliette, César et Cléopâtre, et même Adam et Eve, Laurel et Hardy, jusqu'à Dupond et Dupont. Aucun n'a pas échappé à cette phase inéluctable de la discorde. Ce qui arriva à Simon et Lola relevait presque d'une pure logique mathématique, une sorte d'algorithme du trop-plein de bonheur.

L'été 1996 se terminait et laissait derrière lui deux mois de béatitude absolue dans la tête des deux adolescents. Le teint encore marqué par quelques coups de soleil, en tenue estivale et colorée, ils s'apprêtaient à connaitre un nouveau monde qu'on leur avait décrit comme plus dur, plus impitoyable, plus individualiste : le lycée. Les premiers mois n'apportaient rien de vraiment nouveau. Simon et Lola avaient obtenu une nouvelle fois d'être dans la même classe et passaient leurs journées ensemble, de la montée dans le bus du matin au retour dans le bus du soir. Leurs camarades avaient changé, et on sentait que la sympathie naïve des collégiens se transformait lentement en une fausse indifférence chez les plus sages, et en une moquerie excessive chez les autres. Leur relation soulevait désormais de nouvelles questions et entrainait immanquablement des commentaires grivois. Au fond, les fortes têtes respectaient secrètement Simon, voyant en lui celui qui avait conquis une fille dont le charme faisait l'unanimité. Simon s'en moquait, et ignorait surtout cet égard dont il était l'objet. Quant à Lola, elle possédait déjà ce troisième œil typiquement féminin, qui voit tout mais sait rester discret. Elle savait que beaucoup de jeunes garçons étaient attirés par elle, la scrutant lors d'interminables cours de mathématiques. Mais elle préférait ne pas y prêter attention. Plus d'un s'y était heurté, et la montagne à gravir pour séduire Lola semblait pratiquement insurmontable à tous ses prétendants.

Tranquillité devenait le maitre-mot de leur quotidien Leur première année défilait. Tous les deux partageaient toujours leur samedi, Simon aidait toujours Lola dans ses devoirs et Lola occupait plus que jamais ce rôle d'ange gardien auprès de lui. Le son des Kinks résonnait encore chaque semaine dans la chambre de Simon, entrainant avec lui ces mouvements de danse plein de sensualité chez Lola. Ainsi, lorsqu'ils durent passer des « tests de comportement et d'orientation » avant leur entrée en première, aucun d'eux n'imaginait qu'un nuage d'hostilité planait sur leur duo. C'était un jeudi. Simon était convoqué à onze heures et manquait par la même occasion un cours passionnant sur la reproduction des vivipares. Il était heureux de manquer cette heure remplie d'images, d'explications sexuelles qui l'auraient mis mal à l'aise. Mais ce malaise le touchait malgré tout lorsqu'il franchit la porte sur laquelle apparaissait la mention « M. Lamotte. Psychologue et conseiller d'orientation ». Il se demandait comment on pouvait honnêtement allier ces deux activités.

— Entrez je vous prie, fit une voix grave, qui transpirait la cigarette.

L'homme qui était assis avait encore le nez dans un immense tas de papiers. Trente secondes s'étaient écoulées avant qu'il ne comprenne que Simon, debout devant la porte, n'osait s'asseoir. Il leva rapidement la tête et lui indiqua le siège situé devant lui à l'aide de son index droit. Simon s'avança et prit place. En silence.

— Bon…Bon…Monsieur…Simon ? Il regardait ses dossiers sous ses grosses lunettes noires et relevait la tête dès qu'il avait besoin de l'approbation de Simon sur ses propos.
— Oui. Simon était perplexe et avait des difficultés à retirer son regard de cet individu à la petite barbichette grise, assez hautain et avare de sourires. Cet homme l'effrayait.

— Bon…Bon…Vous savez pourquoi vous êtes ici n'est-ce pas ?

— Oui. L'atmosphère très solennelle de la salle empêchait Simon de sortir une phrase plus élaborée. Ce « oui » le sauvait de ces questions embarrassantes.

— Bien. Bon…Nous allons donc établir votre portrait psychologique afin de déterminer vos capacités, d'optimiser vos chances de réussites en fonction de vos qualités. Le but est de vous faire comprendre que nous sommes tous dotés de facultés spécifiques et que nous pouvons les utiliser au mieux. Nous essayons donc de vous accompagner à atteindre vos objectifs mais surtout à trouver avec vous cet objectif.

— ….

— Bon…J'imagine que, comme tous vos camarades, vous ne savez pas encore ce que vous voulez faire de votre vie ?

Simon était surpris par cette fausse question. Le psychologue sous entendait deux choses : que Simon était comme tout le monde et qu'il n'avait pas d'imagination. Intérieurement, il était vexé, choqué même par ces propos mais n'osait pas contredire ce « Lamotte ». Ses parents le lui avaient appris. On ne contredit pas le pouvoir médical. Il ne lui dirait donc pas qu'il avait un rêve, qu'il souhaitait plus que tout devenir écrivain, que remplir d'encre des pages blanches était la seule activité qui le libérait du poids de la vie, que raconter des histoires lui permettait de fuir les tracas de ce monde, que de mettre sur papier chaque petit mouvement ou mot de Lola remplissait ses yeux de petites paillettes dorées. Non, il ne lui dirait pas, car, sous ses grosses lunettes, cet abruti ne le méritait pas.

— Non, je ne sais pas, fut la réponse convenue choisie par Simon, qui amena M. Lamotte à plisser délicatement les paupières pour montrer toute sa perspicacité dans l'analyse.

— Bon...Répondez à ces questions. Vous avez quinze minutes.

Quand Simon baissa les yeux en direction des feuilles que lui tendait le psychologue, il vit une cinquantaine de questions à choix multiples, a priori sans lien les unes avec les autres. Certaines questions le laissaient totalement béat. « Vous préférez : conduire une moto, jouer aux échecs ou jouer de la guitare » était celle qui le surprenait le plus, d'autant qu'il n'avait jamais conduit de moto, joué aux échecs ou frotté une guitare. Les créateurs de ce questionnaire étaient partis du constat que toute personne normalement constituée avait forcément fait une de ces trois choses ? Quels nuls ! Par défaut, il choisit les échecs. Ca fait bien, pensait-il, de jouer aux échecs.

Quinze minutes plus tard, il avait terminé et tendait son questionnaire à M. Lamotte qui y jeta un bref coup d'œil.

— Bon…Bon…Nous regarderons cela plus posément tout à l'heure…Dites-moi Simon, vous êtes complice avec la jeune Lola, me trompes-je ?

Avec cette demande impromptue, Simon quittait brusquement ses pensées aériennes pour redescendre sur Terre. Cet entretien allait de surprises en surprises. Pourquoi donc ce vieux grincheux s'intéressait-il à « sa » Lola ? Le vieil homme s'aperçut du malaise et reprit la parole :

— Ne vous inquiétez pas. Rien de grave dans ma question. Les professeurs m'ont simplement dit que vous étiez tous les deux très proches…

— …

— Bon…Ce n'est rien. Merci Simon, vous pouvez y aller. Nous nous reparlerons lors des résultats.

Simon aurait voulu – oh oui il aurait tellement voulu s'il en avait eu la force – coller une main dans la figure de cet espèce de chien malade, lui décoller ses lunettes et son air prétentieux, lui arracher une explication à sa question sur Lola. Mais, bien sûr, il ne pouvait rien faire. Il se contenterait de se l'imaginer, de l'écrire ce soir dans son carnet avec tous les détails de cet entretien qui l'avait passablement agacé. C'était décidé, ce Lamotte deviendrait son nouveau souffre-douleur littéraire.

A onze heures et quarante-trois minutes, Simon quittait la pièce. A onze heures et quarante-quatre minutes, il échangeait un regard complice et rassurant avec Lola. A onze heures et quarante-six minutes, Lola avait pris sa place en face de M. Lamotte. A l'inverse de Simon, elle commençait:

— Simon avait l'air distrait. J'espère que votre questionnaire n'est pas trop oppressant ! dit-elle en arborant ce délicieux sourire qui pouvait tout faire passer. Le psychologue parut agréablement intéressé par sa remarque spontanée.

— Ah ? Vous l'avez trouvé changé ? s'empressa-t-il de dire.

— Changé n'est pas le mot. Je dirai juste qu'il avait un air…perturbé.

— Vous le connaissez bien apparemment.

— Oui nous sommes toujours ensemble. On nous surnomme « le petit couple ».

L'entrain que mettait Lola dans ses paroles aurait arraché un sourire au plus malheureux des hommes. M. Lamotte semblait désarçonné face à tant de naturel. De toute évidence, Lola sortait de l'archétype de l'adolescente discrète. Elle attendait de la part du psychologue qu'il donne le départ à leur entretien d'orientation, et lui fit comprendre en jetant un coup d'œil rapide à ses dossiers. Il saisit le message et commença :

— Oui…Bon…Bon…J'imagine que, comme vos camarades, vous ne savez pas encore ce que vous voulez faire de votre vie ?
— Oh si ! J'ai envie de tout voir, de tout découvrir, d'être heureuse, d'être malheureuse, d'être triste, d'être joyeuse, d'être riche, d'être pauvre….Bref, je veux tout connaitre !

La réponse laissait perplexe cet homme mûr qui, pourtant, avait dû en voir des milliers avant elle. Lola fascinait, véritablement, partout où elle passait.

— Bon…Voici une réponse intéressante. Pour tenter de cibler un peu mieux votre projet, je vous propose de répondre à ces quelques questions. Vous avez quinze minutes.
— C'est tout ?

— Que…comment ?

— Seulement quinze minutes ? Pour entrevoir mon avenir ? C'est peu monsieur !

— Je…Euh…prenez le temps qu'il vous faudra alors.

— Merci

Tout comme Simon quelques minutes plus tôt, Lola saisit un crayon et commençait à faire des petites croix ici et là. A l'inverse de lui, elle trouvait le concept intriguant, divertissant et même plutôt palpitant. Elle prenait un réel plaisir à cocher ces cases, à s'imaginer ce à quoi elles pourraient aboutir, à voir en chacune d'elle ses traits de caractères. Elle répondait avec un optimisme affiché, puis prit congé de cet homme avec une poignée de main bien franche. Il lui tardait de retrouver « son » Simon, d'échanger avec lui et de passer le reste de sa journée à ses côtés.

Depuis ces tests, Simon avait un mauvais pressentiment, il sentait comme un parfum de danger autour de lui. Il ne savait pas expliquer ce phénomène, qui au fond n'avait rien de palpable, mais qui prenait une place considérable dans son esprit. Il voulait chasser ces pensées négatives de sa tête, mais tout le ramenait à ces tests. Les professeurs parlaient constamment de l'importance de l'orientation, Lola semblait d'une sérénité absolue face au besoin de « se » choisir un avenir. Mais lui était perturbé. Comment se construire un avenir quand on n'a pas encore vraiment de passé ? Il attendait ces résultats comme on attend des résultats médicaux : en se rassurant que tout irait bien. Lola voyait bien le malaise de Simon, mais elle le connaissait si bien qu'elle savait qu'aucune question n'était nécessaire. Il fallait simplement lui adresser quelques sourires, quelques gestes d'affection pour qu'il se sente mieux. Une dizaine de jours plus tard, chaque élève recevait une feuille de papier sur laquelle figuraient les conclusions des tests. Tous, sauf Simon et Lola. Tous les deux étaient convoqués chez M. Lamotte dans l'après-midi. Simon franchit cette porte avec une énorme boule à l'estomac, plein de petits tremblements. Lola affichait un air satisfait, mais avait perdu de sa décontraction.

— Asseyez-vous je vous prie, commença M. Lamotte.

Simon prit la chaise de gauche ; Lola celle de droite. Le psychologue n'était pas seul. A ses côtés le proviseur – que pouvait-il faire là ? – et une jeune femme muette – que pouvait-elle faire là elle aussi -. Tout ce comité pour eux ? Le psychologue enchaina :

— Rassurez-vous, il n'y a rien de grave dans cette convocation. Aucun de vous n'est atteint de troubles particuliers. Nous aimerions simplement comprendre la relation qui vous unit…

Simon et Lola se tournèrent l'un vers l'autre pour s'interroger. A travers ce regard, toute la détresse de Simon sautait au cœur de Lola qui comprit qu'elle devait intervenir :

— Notre relation… ?
— Oui…Vos résultats montrent que vos deux profils psychologiques sont diamétralement opposés. Nous aboutissons avec vous à un cas assez rare : l'inversion des rôles.
— …C'est-à-dire ?
— Eh bien…Simon tient, en quelques sortes, le rôle féminin de votre duo. Lola, vous tenez le rôle du dominant. Rôle d'ordinaire réservé au garçon. Vous féminisez donc Simon et avez une emprise sur lui. Notre question sera donc simple : Simon, vous sentez-vous mis à l'écart ? Ou rabaissé ?
— Mais vous êtes fous !
— Veuillez laisser Simon répondre je vous prie. Simon ?

La situation s'était inversée : Lola ne riait plus, elle bouillonnait intérieurement et voulait crier. Simon, lui, était rassuré. Il voyait dans tout cela une ineptie, une absurdité, une analyse à deux sous qui ne méritait aucun commentaire. Il préférait se taire, prendre ses affaires et quitter la pièce sous les yeux ébahis de l'audience. Lola se prenait la tête à deux mains, au bord des larmes.

— Votre cas serait un objet d'étude comportemental tout à fait palpitant , et…Lamotte enchérissait sous ses grosses lunettes baveuses, mademoiselle Camille Lamotte ici présente, qui n'est autre que ma nièce, il désignait du doigt la mystérieuse inconnue assise à ses côtés, aurait besoin d'un thème pour sa thèse de sociologie. Elle travaille sur la détermination du genre et souhaiterait vous suivre durant quelques semaines si cela ne vous…

Ne laissant pas M. Lamotte terminer sa phrase, Simon se leva de sa chaise, saisit la main de Lola et l'amena à l'extérieur de la pièce. « Quelle bêtise ! » fit-il. Face au silence de Lola, qui marchait mollement, regardant ses pieds, il ajouta : « On ne va pas les écouter quand même. C'est stupide ! » L'histoire s'arrêtait là pour lui. Elle ne faisait que commencer pour elle.

Mais le plus petit grain de sable peut enrayer la plus solide des machines. Le plus minuscule des virus peut mettre à terre le plus fort des hommes. Et la plus insignifiante des remarques peut faire s'écrouler la plus belle des relations. On sous-estime trop souvent l'influence que l'autorité exerce sur nous. C'est ce que comprenait Lola. Elle se sentait si forte auparavant, si loin de tout cela, mais elle ne parvenait pas à repousser ce choc qu'elle avait subi. Une vraie gifle. Ainsi, pour la première fois depuis leur enfance, elle ne trouvait pas la force de se rendre chez Simon le samedi suivant. Ni celui d'après.

Commença alors une période de six semaines qui restera à tout jamais dans les mémoires de Simon et Lola. Une sorte de mois et demi qui n'aurait probablement jamais dû voir le jour. Ces six semaines, si ridicules à l'échelle d'une vie, étaient leur virus, leur grain de sable. Ce qui suit peut choquer, mais fait partie intégrante de l'histoire...de leur histoire. Eux-mêmes souhaiteraient qu'elle soit retranscrite dans ces quelques lignes.

Depuis deux semaines, donc, le pas léger et virevoltant de Lola n'était plus apparu devant la maison de Simon. Depuis deux semaines, les Kinks ne fredonnaient plus leur « Lolololololaaaa » endiablé du samedi. Depuis deux semaines, l'impensable était survenu : Simon et Lola ne se parlaient plus. Et c'est par un jeudi bien brumeux de novembre 1997 – un véritable jeudi noir- que Simon reçut le choc le plus violent de sa vie. Un de ces traumatismes qui font réaliser à quel point tous les autres maux sont dérisoires. Là, juste devant lui dans le bus, Lola embrassait un garçon. Un baiser comme on en donne quand on est lycéen. Plein de maladresse, trop calculé, un peu surjoué. Mais la forme du baiser comptait peu. La force du choc subi éjectait toute autre considération possible. Simon ne voulait laisser aucune larme descendre le long de ses joues alors qu'elles remplissaient ses yeux tout rouges. Personne autour de lui n'y prêtait attention. Si le bus avait foncé dans un mur, à cet instant, Simon n'aurait rien senti. Si la Terre avait pris feu, il n'aurait rien remarqué. Il espérait seulement un regard de Lola ou une attention envers lui pour se rassurer, pour sortir de ce terrible cauchemar. Elle ne pouvait ignorer qu'elle lui arrachait le coeur.

Durant des jours, Simon ne mangeait plus, ne riait plus, ne lisait plus. Son cerveau ressassait sans cesse cette image horrible l'empêchant de songer à toute autre chose. Il était physiquement atteint, ses joues se creusaient ostensiblement, dévoilant à tous sa chute vers une dépression totale. A vrai dire…il n'a parlé à personne pendant près de trois semaines. Son seul réconfort était l'écriture. Il ne savait pas l'expliquer mais écrire représentait le remède à ses angoisses. Chaque mot faisait revivre le souvenir de Lola qu'il tentait en vain d'oublier. Dans les plus fortes périodes de détresse, disons-le, il envisageait même le suicide. Le réconfort de ses parents et de ses frères ne lui suffisait pas. Il écrivait toute sorte de pensées lugubres. Il en venait à vouloir tuer ce psychologue, par qui tout était arrivé. – il n'est ainsi pas étonnant de constater qu'il est désormais un fervent opposant à toute forme de psychanalyse - Dans sa tête se mélangeaient des formes, des images qui toujours aboutissaient à vouloir se débarrasser de ce fumier de Lamotte. Lui et ses théories niaises, lui et ses lunettes trop petites pour son long nez de musaraigne. Ses obsessions se trouvaient là : tuer le psychologue et se torturer l'esprit à savoir ce que pouvait faire Lola.

Durant six longues semaines – imaginons-nous six semaines dans la tête d'un garçon abattu ! – il fut obligé de supporter l'absence de Lola dans sa vie. Lui enlever sa Lola, c'était comme priver un oiseau d'une de ses ailes. Il la voyait fréquenter ces gens qu'elle détestait auparavant. Il la voyait embrasser ce Luc Chastagne en se demandant sans arrêt si ce balourd était conscient de son privilège.

« Luc…Luc…Luc… ». Ce prénom trottait dans sa tête et se retrouvait de plus en plus griffonné dans ses cahiers à spirales. Un jour, ce crétin vint même le voir, les épaules hautes et la démarche assurée, tout en mastiquant un chewing-gum dont l'odeur de chlorophylle aurait pollué tout un village : « Hey. Arrête de regarder ma copine comme ça ! Lola veut plus te parler t'as pas compris ? Si je te vois encore près de nous… ». Ces menaces n'avaient aucun effet sur Simon. Ce Luc aurait pu dire n'importe quoi, cela comptait peu. Car pendant que Luc déblatérait ses bêtises, Simon gardait un œil sur Lola pour constater qu'elle lui tournait le dos. Elle ne lui parlait plus. Elle ne le voyait plus.

Au bout de la cinquième semaine environ, il n'avait plus la force de se lever pour aller au lycée, prétextant de faux maux de tête à répétition, ou simulant une indigestion. Si le père de Simon était inquiet de l'état physique de son fils, sa mère avait d'autres préoccupations. Elle savait son petit Simon moralement touché mais ne voulait pas le brusquer. Un fils ne peut jamais mentir à sa mère. Une mère peut par contre faire semblant de croire à ses mensonges. Un jeudi – saleté de jeudi noir – l'école appela à son domicile pour lui proposer une séance de consultation avec M. Lamotte afin de juger de son état. S'il avait été assez vif ce jour-là, peut-être aurait-il tout saccagé dans sa chambre. Mais son état ne lui arracha qu'un fou rire de désolation, comme on en voit chez ces fous dont le rire pervers glace le sang. Aucun traitement, aucun docteur – et encore moins un psychiatre !- ne pourraient le guérir du manque de Lola. On ne trouve d'antidote à cela dans aucun manuel de médecine. Simon s'habituait peu à peu à vivre avec cette douleur en lui. Il pensait toujours autant à Lola, haïssait plus que jamais Luc et M. Lamotte, mais la peine était maintenant intégrée dans sa personne. Il pensait devoir passer le reste de sa vie avec ce mal être, comme un vieillard qui sait qu'il aura toujours besoin de sa canne pour pouvoir se déplacer.

Une semaine plus tard, Simon commençait à avoir des vertiges – dus certainement au manque de nourriture – mais il les attribua davantage à sa détresse. Il se souvient encore, avec une précision intacte, de ce qu'il faisait quand l'inattendu arriva. Posé à son bureau, un stylo à la main droite et une larme prête à tomber au coin de son œil gauche, il écrivait une nouvelle fois ses sentiments refoulés en regardant tomber la pluie le long de vitres de sa chambre. Tous les éléments du parfait mélodrame réunis. Une sorte de Pretty Women, sans Women et sans musique. Accoudé sur son bureau, en plein samedi après-midi, il frôla l'arrêt cardiaque lorsque retentit la sonnette de la porte d'entrée. Ces deux petits coups, ce double « dring », il le connaissait par cœur, il l'avait entendu des dizaines, des centaines de fois, mais il pensait être à nouveau victime de ses hallucinations. Il oublia. Puis, à nouveau ce double « dring » de la porte d'entrée accompagné de quelques chuchotements. Délicatement, on s'approchait de sa chambre, il le sentait. Ses pulsations cardiaques n'avaient sans doute jamais atteint pareil niveau. Depuis une poignée de secondes, plus de bruit, mais la vive sensation qu'on l'observait. Et là, lorsqu'il tourna la tête en direction de la porte, un trouble si violent s'empara de lui qu'il brouilla sa vue et l'empêcha de prononcer le moindre mot. Les cheveux mouillés, des tremblements intenses tout le long du corps, Lola se tenait debout à deux ou trois mètres de lui. Elle s'approcha d'abord lentement, avant de l'enlacer par le cou et de fondre en larmes. Elle le serrait si fort qu'il ne pouvait plus bouger. Elle le serrait avec une passion qu'il n'avait même jamais connu jusqu'ici. Et lorsqu'il ouvrit la bouche pour dire « Je… », elle mit son index sur ses lèvres pour l'empêcher de continuer. En sanglots, Lola s'essuyait le visage comme elle le pouvait: « Désolée…Je suis tellement désolée…Si tu savais à quel point… » . Tous les deux restaient collés pendant, oh oui, pendant au moins trente minutes. Le silence qui les entourait était la seule mélodie assez juste, la seule partition qui valait d'être jouée et écoutée. Lola desserra ses bras du cou de Simon, lui adressa un baiser sur le front et se dirigea vers la chaine hifi.

— Toujours piste huit ? demanda-t-elle
— Ou…oui, bégaya Simon.

Incrédule, il la regardait s'asseoir sur le lit, les jambes croisées, et sur les premiers accords de guitare des Kinks, fermer les yeux en secouant la tête. Et, le plus naturellement du monde, elle continua :

— Tu as changé ton bureau de position ?

Simon l'avait compris, inutile d'en demander plus, de chercher l'explication à cette absence. Il suffisait de repartir comme avant, de prendre conscience que sa Lola avait failli le tuer, qu'il était de nouveau tout à ses pieds et que, oui, les miracles existent.

Une histoire d'arc en ciel

Ces six semaines, Simon y repensait, forcément, en revoyant Lola. Il était marié depuis à peine dix minutes que, déjà, une autre avait pris la place d'Elizabeth dans son esprit. Au milieu de la foule d'amis, de la famille qui le félicitaient chacun leur tour, Simon avait la sensation d'être un étranger. Les flashs des appareils photos, les « houras » venant de toutes parts, la musique qui les conduisaient, lui et Elizabeth, vers leur voiture, tous ces bruits lui paraissaient si lointains. Sa seule préoccupation était Lola. Il la cherchait du regard, pour confirmer encore un peu plus qu'il n'avait pas rêvé mais ne parvenait plus à la trouver tant les gens qui l'entouraient se battaient pour le féliciter. Une fois dans la voiture, il ne vit même pas que son épouse, sa charmante Elizabeth voulait lui donner un baiser, il n'entendit même pas qu'elle lui demandait s'il se sentait bien, et ne s'aperçut donc pas qu'elle avait compris que quelque chose clochait. Elizabeth était une femme de caractère, dans son travail comme dans sa vie personnelle, et ne supportait pas qu'on détourne une seule seconde son regard d'elle. De fait, elle n'avait de britannique que le prénom. Le flegme, la patience et l'humour n'avaient pas été livrés avec. Du moins, pas à ce moment-là. Qui plus est le jour de son propre mariage ! Elle préféra néanmoins choisir la voie diplomate. Une voie « sooo british », malgré tout.

— Ca ne va pas ? Elle avait réussi, au bout de la troisième demande, à regagner l'attention de Simon.

— Si si, bien sûr. Juste beaucoup d'émotions d'un coup.

Simon sentait qu'il devait revenir à sa priorité. Il fit donc un compliment rapide à sa femme.

— Tu es vraiment magnifique. Resplendissante !

Elizabeth fit mine d'accepter la remarque et vit que le cortège de voitures avait atteint le restaurant. Elle descendit la première. Simon lui emboita le pas. Elle voulait encore vérifier ce que ferait Simon en se dirigeant vers le restaurant et ses soupçons s'avéraient exacts : il cherchait quelque chose. Tout autour de lui, il scrutait les voitures, les bâtiments, dans le but d'y trouver…d'y trouver quoi ? Et quand son mari arrêta de tourner sa tête dans tous les sens, elle savait qu'il avait trouvé. Malgré tous ses efforts, elle ne voyait personne qu'elle ne connaissait déjà, ou toute autre chose qui aurait pu être surprenante. Mais l'air rassuré affiché par Simon se propageait jusqu'à elle, et elle ne voulait garder que le positif de toute cette journée. « Be positive », comme dirait The Queen. S'il fallait parler, elle le ferait dans quelques jours. Pour l'instant, sa priorité était de savoir si le repas serait bon, et si le plan de table était correct. So important !

Elizabeth et Simon entraient tels la reine et le roi dans le magnifique restaurant. Dans l'entrée avaient été mises des décorations très colorées, formant un grand arc-en-ciel sous lequel passaient les invités. Chacune des sept tables représentait une des couleurs. Elizabeth et Simon seraient, quant à eux, sur une sorte d'estrade centrale en compagnie des témoins et des parents. Les petits fours étaient prêts, les serveurs tout de blanc vêtus, une odeur de cannelle imprégnait subtilement la pièce principale. Tout ce dont Elizabeth avait rêvé se trouvait là, et la comblait d'un bonheur assumé et affiché. Elle et Simon zigzaguaient entre les convives afin d'accorder quelques mots à chacun. Elle le voyait au loin, entre la table bleue et la table verte, un peu perdu mais serrant des mains à n'en plus finir. Elle se dit une dernière fois qu'elle l'aimait vraiment, son Simon, avant de saluer une de ses tantes à la robe anglo-saxonne.

Au même moment, Simon se disait également que sa femme était remarquable, rare dans sa dévotion envers lui. Mais il essayait surtout de sa dépêtrer de la parole d'un lointain cousin qui lui expliquait comment il comptait devenir millionnaire en vendant des insectes par internet. Il devait retrouver Lola. Soudain, on lui posa délicatement une main sur l'épaule droite.

— Félicitations

La voix avait murie, s'était même bonifiée comme un grand vin rouge, et faisait revivre en lui des souvenirs si intenses, tant et si bien qu'il n'osait pas se retourner immédiatement, pour profiter un peu de ce moment de sublime volupté. Au bout de cinq secondes, il fit volte-face pour se retrouver en tête à tête avec sa Lola.

— Comme tu es tout beau ! s'empressa-t-elle de rajouter pour briser la glace. Je savais que tu finirais en homme marié, avec plein d'enfants et une jolie femme. Elle est vraiment ravissante, bravo à toi ! Le petit clin d'œil qu'elle rajoutait prouvait que leur complicité ne s'était pas perdue. Bon, tu vas te décider à parler, ou à me faire la bise ? Ou alors tu comptes rester planté là à me regarder ?

Ils avaient le même sourire aux lèvres. Ce sourire qui signifie : tu m'as tellement manqué. Ils avaient la même envie. Cette envie de prendre l'autre dans les bras pour se retrouver à nouveau seuls au monde. Mais seule Lola parvenait à trouver des mots, car si l'émotion qui les envahissait était si forte, c'était pour une raison bien singulière.

Une histoire de manif

Six semaines de séparation, et ils étaient de nouveau inséparables. Le petit couple. A nouveau petit. A nouveau couple. Cette coupure avait même renforcé le lien qui les unissait. Cette absence n'avait fait que retirer les pétales de leur union. La racine était toujours aussi solide et une nouvelle fleur, plus belle encore, repoussait désormais. La métaphore était de Simon, trouvée probablement au cœur d'une lente méditation botanique. Ensemble, ils vivaient pleinement. Ensemble, ils réussissaient leur baccalauréat. Ensemble, ils décidaient de ne plus laisser aucun test psychologique les séparer. Ensemble, ils rejoignaient la faculté de lettres modernes à la rentrée 1999. Pour Simon, ce choix s'imposait comme une évidence, tant son amour pour les mots et l'écriture était puissant. Pour Lola, il s'agissait plutôt d'un choix de coeur qui lui permettait de rester proche de Simon et de bénéficier de son aide pour travailler ses examens. Ensemble, ils découvraient les vertus de la littérature française. Simon s'imprégnait des mots de Flaubert, Zola, Camus ou Cohen. Lola le regardait, s'évadait grâce à ses lectures à haute voix. Ils pouvaient passer tout un week end à l'abri des autres, dans le petit appartement de Simon, coupés du monde, dans un égoïsme des plus absolus, mais tellement jouissif, et se sentaient invincibles. Il faut dire que cette manière de vivre rassurait un peu Simon. Lui qui prenait avant tout plaisir à des activités solitaires qu'il ne partageait qu'avec Lola. Son caractère calme l'avait amené à privilégier la tranquillité avant toute autre chose. Il se demandait souvent comment les gens pouvaient jongler entre leurs études, leurs vies de couples, leurs engagements associatifs, les formalités administratives…Bref, toute une montagne qui lui semblait insurmontable. Des livres, les Kinks et Lola lui suffisaient amplement. Lola, elle, attisait toujours autant les convoitises masculines. A cet âge, les garçons sont devenus des hommes et ne s'embarrassent souvent plus de flagorneries. Lola plaisait énormément. Plus mature, elle comprenait désormais les regards convoiteurs. Son sourire alimentait les fantasmes de nombreux étudiants, ses cheveux raides à l'odeur de clémentine ensorcelaient tous ceux qui l'approchaient, sa silhouette aux accents hispaniques, sa peau légèrement bronzée, émoussaient jusqu'aux plus timides. Mais la distance involontaire qu'elle mettait avec tous ceux qui venaient l'aborder avait refroidi bon nombre de prétendants. Elle passait pour une fille trop exigeante, trop imbue de sa personne et recherchant le prince charmant.

Certains, pourtant, appréciaient tout particulièrement le défi que représentait Lola. Et le danger arrive parfois d'où on s'y attend le moins. En avril 2002, une vague de panique s'était emparée des universités. La présence de l'extrême-droite au deuxième tour de l'élection présidentielle avait semé une graine de contestation chez beaucoup de jeunes étudiants. A vrai dire, Simon et Lola ne s'intéressaient pas à la politique. Ni avant, ni pendant, ni après ces élections. Le poids du monde qui les entourait les effrayait et ils trouvaient leur réconfort en formant une bulle de protection autour de ces problèmes. Aucun d'eux, vraiment, n'éprouvait le moindre besoin de revendication. Ils n'avaient pas d'opinion tranchée sur la société, pas d'idéaux qu'ils voulaient défendre. Rien de tout ça. Simon se moquait totalement de savoir qui serait son futur Président. Quant à Lola, elle semblait regarder ces événements avec les yeux d'une petite fille qui voit voler un cerf-volant. Contemplative mais passive. Vraiment, aucune raison ne pouvait les faire rejoindre ceux qui se plaignaient. Pensait Simon. Car ce danger, ce vautour qui tournait autour de sa Lola, allait attaquer. A la fin d'un cours sur l'histoire de la littérature, un jeune garçon s'approcha de Lola en lui tapotant l'épaule. Elle et Simon se retournèrent pour voir un grand gaillard, une barbichette tressée au bout du menton, des lunettes rondes comme celle de John Lennon, les cheveux longs et sales, affublé d'un large sweat à capuche sur lequel était inscrit : ''Le communisme vaincra ''.

— Salut les cocos. Moi c'est Adam. Appelez-moi Ad' ! Il chercha dans sa poche un petit tas de prospectus qu'il tendit à Lola en la fixant dans les yeux. C'était comme si Simon n'existait pas. Pourtant, il s'adressait bien à eux deux. Si vous aussi vous voulez pas de ces fachos au pouvoir, venez dimanche à la manif ! On les aura ces bouffons !

Simon était perplexe. En plus de ressembler à un clochard, il dégageait une putride odeur de marijuana. Simon se retourna pour ranger ses affaires, sans porter le moindre intérêt à ce Adam.

— D'accord !

Le cœur de Simon faillit se décrocher. Avait-il bien entendu ? Lola venait d'accepter la proposition de ce pseudo-communiste de basse-cour ? Elle arborait même un grand sourire, fière de son choix.

— Tu n'es pas sérieuse ?
— Si ! Pourquoi ?

— Tu as vu ce...ce type ?
— Et alors ? Ca peut être marrant. Tu n'iras pas ?
— Certainement pas !
— Tant pis. Je te raconterai.

Avec Lola, Simon ne se sentait jamais vraiment à l'abri, sur une perpétuelle pente savonneuse. Il voulait la suivre, être certain que ce Adam ne l'écarte pas à nouveau de lui, mais la fierté est une vertu chez les gens discrets. Il campait sur ses positions et savait qu'il angoisserait, tout le dimanche suivant.

Lola ne connaissait rien des manifestations, ce qui arrangeait bien Adam. Il lui expliquait, la guidait dans les attitudes à prendre, lui déroulait le discours convenu qu'il avait appris par cœur. Ils défilaient, l'un à côté de l'autre, au milieu de cette meute d'étudiants en colère. « La plupart ne savent pas pourquoi ils sont là », lui confiait Adam. « C'est le simple plaisir de dire non, de contester ». Lola en faisait partie, de ces gens-là. Elle ne comprenait pas ce qui l'avait poussé à y venir, mais ressentait une vive adrénaline dans ce défilé.

Nous avons donc, en ce dimanche d'avril 2002, un Simon anxieux, scrutant les moindres images du défilé à la télévision, et une Lola, enjouée, qui enchaine les pas à côté d'un Adam rempli de contestation et de cannabis.

Et comme s'il fallait, ce jour-là, décupler la peine de Simon et stimuler la curiosité de Lola, les équipes de journalistes présentes sur place virent en cette jolie jeune fille qui défilait une proie parfaite. Ainsi, avec la plus petite particule qui soit d'engagement citoyen, Lola se retrouvait à répondre aux questions d'une chaine d'info et à passer à la télévision. En deux, trois répliques, elle ressortait le discours appris avec Adam. Tout ceci, elle le vivait comme un jeu, jamais comme une expérience politique, mais son visage radieux et angélique assurerait à la chaine de bonnes audiences. Derrière son écran, Simon mâchouillait un chewing-gum lorsqu'il vit cette scène : Lola qui parle, le bras de Adam autour du son cou.

Il n'en fallait pas plus. Lola était devenue l'étendard de ces jeunes rebelles au sein de l'université. Elle recevait sans cesse des félicitations de toute part, et fut convaincue par Adam de participer à leurs réunions, ainsi qu'à leur prochaine manifestation. Simon comprenait qu'il était délicat de rester aux côtés d'une jeune vedette. Il s'écartait, en souffrance, de Lola pour lui laisser profiter de ces instants de gloire. Lola ne paraissait pas s'en apercevoir. De cela pas plus que des avances à répétition faites par Adam. Une main sur l'épaule, des bises insistantes…bref une envie de Lola qui dégoulinait jusque le long de sa barbichette. Et Simon qui subissait, en silence, comme il avait subi ce manque de Lola pendant six semaines. Il s'attendait au pire. Il redoutait le moment où il verrait Lola aux bras de Adam, et encore plus celui où il la verrait l'embrasser. Luc était devenu Adam mais l'effondrement moral était le même. Les idées sordides de son adolescence remontaient en lui. Il aurait suffi, certainement, d'en parler à Lola et tout ce mal aurait disparu. Elle aurait compris et serait revenue vers lui. Mais non, il ne voulait pas craquer. Quelle stupidité que cet orgueil !

Le soir du résultat des élections, Lola et Adam étaient au premier rang, au sein du grand amphithéâtre choisi pour assurer la retransmission. Des éclatements de joie, des embrassades, des bières qu'on ouvrait un peu partout rythmaient cette euphorie de la victoire quand le visage de Jacques Chirac envahit l'écran. Et un profond désarroi : celui de Simon, seul au dernier rang. Lola, enlacée par Adam qui – Simon hallucinait-il ou était-ce réel ?- lui mettait une main aux fesses. Désemparé, Simon regagnait son appartement avec la ferme ambition de ne plus jamais en sortir. Le monde extérieur était trop violent pour un moineau comme lui. Il décidait d'abord de se promener, de changer de chemin pour aller chez lui. Se préparer à sa future vie d'ermite lui autorisait bien un peu de distraction. Il s'imaginait enfermé dans son petit appartement, la barbe aussi longue que les ongles, les cheveux aussi sals que les pieds, en vieux grincheux ruminant sa Lola. Deux heures plus tard, vidé de tout intérêt pour la vie, il arrivait devant chez lui, les pieds qui trainaient et les cheveux en total abandon. Se laisser pousser une barbichette et se cloitrer à tout jamais, c'était tout. Mais, lorsqu'il sortit les clés de sa poche, il vit une silhouette au loin, un journal à la main. Il s'approcha et reconnut alors Lola, qui l'attendait sur le palier :

— Alors, on fait quoi ce soir ? lui dit-elle.
— Tu ne vas pas fêter la victoire avec les autres ?
— Oh non, je me suis bien amusée pendant cette semaine, mais ça suffit. Alors, on commande des pizzas ?
— Et…Adam ?
— Comment ça, Adam ?
— Tu ne restes pas avec lui ?
— Oh ! Lola venait de comprendre. Elle trouvait ça touchant. Elle se demandait comment elle n'avait pas saisi avant cette attendrissante jalousie. Tu n'as quand

même pas cru que…avec ce mec ? Ah ah mon Simon ! Mais non ! Allez, ouvre la porte, qu'on regarde tous les deux la télé.

Lola rentrait la première, s'écroulant de fatigue sur le lit. Simon, debout, incrédule, passé de la détresse à la surprise, ne pouvait s'empêcher de penser qu'elle lui causait bien des troubles, sa Lola.

Une histoire de six ans

Depuis trois ans, ces mêmes lieux, ces mêmes professeurs, ces mêmes repas rythmaient la vie de Simon et Lola. Un confort parfait pour lui, mais un manque de liberté pour elle. On ne retient pas éternellement un oiseau en cage. La maxime était de Lola, elle aimait se comparer à un oiseau.

15 septembre 2002 Simon, allongé dans un parc. En plein soleil, ses lunettes de vue posées sur son nez, en ce mardi après-midi très calme. Les enfants n'envahissant pas encore les allées, les voitures ayant disparues, il pouvait déguster les aventures du Baron Perché d'Italo Calvino en toute discrétion. Tout en se disant qu'il aimerait parfois, lui aussi, se cacher pour vivre dans les arbres, parfaits chemins de la terre vers le ciel. Seul, sous un arbre, son morceau de paradis.

Quand Lola fit son apparition, ses lourds traits marqués trahissaient sa petite forme. Simon commença une phrase amicale puis, voyant l'air perdu de Lola, s'interrompit pour prendre un air plus grave.

— Qu'est ce qui se passe ? interrogea-t-il en enlevant ses lunettes et en fermant son livre.

— Rien rien. On sentait dans cette réponse une tentative à peine masquée de faire diversion. Mais ses yeux encore un peu mouillés la démasquaient trop facilement.

Depuis plus de vingt ans, Simon n'osait jamais contredire Lola, et encore moins forcer le dialogue quand elle désirait se taire. Il décidait d'attendre qu'elle voulut bien lui parler. Au bout de quelques minutes, elle prit sa respiration :

— Simon…Il faut que je te parle. Elle le fixait dans les yeux. Quand une femme vous fixe avec ce regard-là, ce n'est pas jamais bon signe.
— Oui ? La peur s'emparait du corps de Simon. Que pouvait-elle bien lui annoncer ?
— Ma mère… vient de mourir.

La secousse provoquée par ces mots dans le crâne de Simon dévastait toutes ses pensées. Lola semblait au bord de l'asphyxie tant elle peinait à trouver son souffle.

— Brusquement…Comme ça…Un mal de tête…L'hôpital et son cœur qui s'arrête…en deux jours…

Lola venait de se vider de ses dernières forces. Elle ne pouvait pas aller plus loin dans ses explications. Tout autour d'elle se brouillait, des vertiges l'envahissaient.

Cette personne, accroupie devant Simon, était l'anti-Lola, l'opposé du modèle original, désemparée face à la puissance de la mort, pleine de doutes et de malheurs. Elle qui connaissait la maladresse de Simon à faire face à ces situations graves, inattendues, qui le chamboulaient dans ses habitudes. Elle qui n'attendait pas de lui qu'il la console, ni qu'il lui sorte de grands discours, seulement qu'il soit avec elle. Qu'il comprenne. Qui d'autre pourrait comprendre sinon lui ? Et tous les deux se taisaient, laissant à Lola le temps de s'arracher à ces démons. La mort est un venin contagieux à tous ceux qui la côtoient.

— C'était…brutal…si rapide…

— …

— Mais ça m'a fait comprendre une chose…

— …

— Après ça…je ressens le besoin de partir un peu…loin…de ne plus voir ces lieux quelques temps…

— …

— Je vais partir quelques semaines. Je reviendrai rapidement, sois tranquille. Mais j'ai vraiment besoin d'air, d'un nouveau souffle.

— …

— Et, je te connais ! Si tu as la mauvaise idée de vouloir me suivre, je te rappelle que les examens de septembre ont lieu dans deux semaines. Ne gâche pas une année à cause de moi...Je t'en prie. Tu es fait pour ça, ces études, pas moi. Je ne veux pas être responsable de ton échec ou briser ton avenir. Lola savait, avec le ton angélique qu'elle employait, que Simon ne résisterait pas à sa demande. Il ne la suivrait pas.

— D'accord, balbutia-t-il.

— Ma mère est morte et...j'en ai besoin...comprend-le. Mais je veux qu'on reste proches pendant mon absence ! Pour que nous puissions dialoguer, j'ai créé cette adresse mail : maildesimonetlola@gmail.com. Je pourrai te répondre tous les jours, et te dire exactement quand je compte rentrer.

Tous les deux étaient maintenant silencieux, et comme leur coutume l'exigeait, Lola reprit la parole. Elle retrouvait petit à petit de l'entrain, son visage affichait un léger regain d'enthousiasme, comme si le fait de voir Simon l'avait sorti doucement de sa léthargie.

— J'en ai vraiment besoin Simon...avant que...enfin je veux voir le monde. Je suis très heureuse ici, mais ces lieux, ces cours...c'est ta vie. Je veux pouvoir profiter, vivre intensément avant qu'il ne soit trop tard. Promis tu m'écriras ?

— Oui

— Tous les soirs ?

— Oui

— Tu me le promets ? Vraiment ?

— Oui. C'est promis. Il se hâta alors à poser la question qui lui brûlait la gorge depuis plusieurs minutes. Et...ton départ est prévu quand ?

— Je prends l'avion demain matin vers huit heures. Je ne te dévoile pas la destination. Tu pourras la découvrir dans les photos que je t'enverrai.

Plus rien. Tout était dit. Plus de mots. Plus de questions. Plus de peine. Place à la joie. Fausse joie ô combien artificielle. Bien entendu – comment pouvait-il en être autrement ? – ils passaient cette soirée ensemble. Lola avait plus que jamais besoin de sentir Simon a ses côtés, de le toucher, de le prendre par le bras, de lui dire à quel point elle était fière de lui, de lui rappeler l'importance qu'il avait pour elle, de le rassurer sur la durée de son absence. Tout ça avec un sourire empreint de la plus pure des sincérités. Elle savait que la séparation avec Simon serait douloureuse, voire insupportable lors des premiers jours, mais elle n'avait pas le choix. Il s'agissait de partir ou de décrépir à petite dose. Couchés l'un à côté de l'autre, main dans la main, ils se promettaient cette nuit-là des milliers de choses à la manière de deux adolescents innocents. Sur un dernier souffle de Lola, leurs yeux se fermaient pour laisser arriver le sommeil.

Que s'est-il passé, ce soir-là, dans ce lit ? Les seuls à avoir la réponse sont un jeune garçon perdu et une jeune fille hantée par la mort de sa mère. L'appartement de Simon, unique témoin de cet au-revoir, en gardera à jamais le silence.

Le système de correspondance fonctionnait à merveille. Simon écrivait son mail tous les soirs à la même heure, Lola y répondait tous les soirs à la même heure. N'ayant pas d'appareil, elle ne put lui envoyer de photos dans un premier temps. Ils se contentaient tous les deux de raconter leurs journées. Simon finissait toujours son texte avec la même question : « Tu rentres demain ? ». Lola avec la même réponse : « Peut-être ». Les semaines se suivaient, Simon avait passé brillamment les examens de début d'année, Lola continuait son exploration du monde. Les mois se suivaient. Douloureux et acerbes, les jours vides succédaient aux jours pleins. Vides de sens et pleins de contacts virtuels. Tous les deux s'habituaient à cette relation informatique où le clavier devenait leur bouche, leur main ou leur cœur. Combien de fois Simon a-t-il maudit cet écran, ensorcelé ces dizaines de mots de Lola qui tournaient en boucle dans sa tête.

Au bout de quelques mois, Lola proposa de correspondre par lettre manuscrite. A la fin de chaque lettre, elle indiquait l'adresse à laquelle il pouvait lui répondre. Bien sûr, les délais de réponse devenaient plus longs, mais la rédaction d'une lettre manuscrite – Lola le savait bien – procurait bien plus de plaisir à Simon. Du plaisir, certes, mais pas de quoi le rassasier de Lola. La mélancolie commençait à le gagner et il songeait de plus en plus à la rejoindre. Où qu'elle soit. Un ou deux jours, au moins ça. Tous les mots qu'il mettait dans ses lettres ne pouvaient pas remplacer la présence de Lola.

Il était décidé. Il partirait lui rendre une visite impromptue, car Lola adorait les surprises. Il avait opté pour le bus. L'avion, il ne supportait pas ça, trop angoissant. Certes, il lui faudrait plus de dix heures pour rejoindre Lola à Berlin, mais après un an et demi de séparation, dix heures étaient bien peu de choses. Il faisait froid, tôt le matin, mais il avait prévu le coup en s'habillant chaudement. Pour le trajet, aucun problème, puisque son sac était rempli de livres. Ces heures sur le bitume lui permettraient en plus de préparer ses futurs examens. Il pouvait passer un an sans télévision, sans relations sociales, sans manger sûrement, mais pas sans Lola. Non, pas ça. Il imaginait déjà sa joie lorsqu'elle le verrait. Il montait dans le bus avec en point de mire son visage radieux. Ses pommettes légèrement rosées lorsqu'elle souriait, ses yeux qui crieraient merci d'être venu, et surtout le plaisir de la retrouver, il avait tout ça en tête pendant ces dix heures. Ca en tête et une feuille en poche. Dessus était inscrite l'adresse que Lola lui avait envoyée une semaine plus tôt, lui précisant qu'elle resterait un mois encore en Allemagne. Aucun risque donc de la manquer.

 Il posait son unique valise à quatorze heures sur le sol allemand. Berlin en mars, c'était un peu comme partout ailleurs. On ne pouvait pas encore saluer l'hiver et accueillir l'été. La ville semblait ronronner dans l'attente d'une péripétie quelconque. Simon avançait, sans profiter des édifices, du paysage, tout ça tout ça. Avec en tête Lola et cette rue à trouver, à la prononciation impossible pour lui, tellement étranger à cette langue allemande. Il montrait sa feuille de papier à des passants, qui l'aiguillaient à gauche, à droite, tout droit, encore à gauche, en arrière, et à droite. Il tombait face à face avec le bâtiment correspondant. Etrange lieu pour résider, imbriqué entre deux maisons. Une sorte de local à l'intérieur rouge vif. La porte était ouverte. La pièce principale était vide. Dans une seconde salle, derrière, un homme assis, un journal à la main, qui regardait à peine Simon. Un étranger entrait chez lui, et cela ne paraissait pas l'irriter outre mesure. Planté devant lui, Simon attendait qu'il relève la tête en sa direction. « Du willst… ? » lui demanda-t-il. Simon, incapable de lui répondre, sortit une photo de Lola de sa poche et la montra à l'homme : « Do you know ? ». L'homme ferma son magazine, examina brièvement la photo et répondit « Nein ». Une réponse bien surprenante pour Simon. Qui pouvait être cet homme qui habitait la même adresse que Lola sans la connaitre ? Simon ajouta « She lives here ! Lola ! ». L'homme fronça le sourcil, prit la photo dans les mains de Simon et appela « Thomas ! Thomas ! Komm !». Un autre homme arriva, vêtu d'un simple short, les pieds et le torse nus, s'installa à côté du premier et regarda la photo. Les deux parlaient en allemand, sans que Simon ne puisse rien y comprendre. Il fut aussi catégorique que le premier, en lui répondant « Nein »

— Are you sure ? Lola ? She lives here !
— Nein ! répondirent-ils en chœur.

Simon partit sans même leur dire au revoir. Ces deux zouaves comprenaient de toute évidence l'anglais mais continuaient de répondre et de parler en allemand. Ca l'agaçait. Une fois dehors, il s'assit sur un rebord de trottoir, comme s'il s'agissait du seul endroit adéquat pour se concentrer. Lola n'était donc pas là ? Il lisait, relisait, décortiquait l'adresse. C'était bien là. Et si les deux guignols ne la connaissaient pas...et puisqu'il n'y avait aucune chance qu'un accident lui soit arrivé en si peu de temps...ça voulait dire...que jamais elle n'était venue ici. Jamais ? Dans cette petite ruelle...Jamais ! Elle lui avait menti ? Mais pourquoi ? Pourquoi ? Il était totalement incrédule, le postérieur gelé par ce trottoir. Pour la première fois de sa vie, Simon était en colère contre Lola. Il lui avait toujours tout pardonné, tout toléré, tous ses caprices, toutes ses lubies, mais là, non. Elle avait trop joué avec lui. Quel intérêt avait-elle à lui mentir ? C'était décidé, il ne ferait plus tous ces efforts inutiles pour elle, pour cette cruelle fugueuse de la vie, aventurière de pacotille. C'en était fini. « Elle part pour oublier le décès de sa mère ? Mon œil oui ! Je ne laisserai pas passer ! Je suis sûr que c'est un mec, elle est forcément partie avec un mec et ne veut pas me le dire ! » Personne, même lui, ne pensait cela possible : il maudissait Lola. Ses pommettes trop colorées, son habitude d'en rajouter quand elle le voyait, ses fausses promesses d'avant son départ. Il détestait tout ça à présent. Il lui écrirait une lettre en lui racontant tout cela, en lui disant qu'elle n'avait pas le droit de jouer avec lui. Trop de cruauté pour un Simon trop fragile. Cette lettre, il la rédigeait dans le bus du retour, avec toute la rancœur et la brutalité de sa déception. Une sorte de pamphlet contre Lola, pour se sortir de cette immense désillusion. Cette lettre, il la garderait avec lui pendant plusieurs semaines, plusieurs mois, tiraillé à l'idée de l'envoyer. Le coup du choc atténué, il savait que ces lignes manuscrites étaient une bombe relationnelle. De son côté, Lola continuait de lui écrire, et affirmait toujours qu'elle était à Berlin, photos à l'appui, qu'elle partait ensuite pour Madrid…Pourquoi donc continuait elle à mentir ? Ensevelit par la déception de sa visite à Berlin, Simon ne lui dit rien. Persuadé qu'un autre Luc, un Adam amélioré lui avait volé sa Lola pour toujours. Ce qu'il aurait à lui dire se trouvait sur cette lettre.

Un jour, en juillet 2003, passablement irrité, ronchon de n'avoir que des fausses nouvelles de Lola, mais surtout en manque de sa présence, frustré de ne rien pouvoir faire, de ne pas avoir la force et le courage de s'opposer à elle, elle qui ne lui avouait pas que, de toute évidence, un homme la comblait de bonheur, il filait à la

Poste en oubliant de prendre suffisamment d'argent avec lui pour envoyer cette lettre. Pris à parti par le guichetier, il fit la connaissance d'une jeune femme au look so british nommée Elizabeth, qui le sortit de l'embarras...

Une histoire de serviette

Voilà comment ce qui ne devait durer que quelques semaines avait en réalité duré six ans. Leur correspondance postale perdurait à petite dose. Lola n'avait fait aucun retour à Simon sur sa lettre. Simon se forçait à lire à longueur de temps les fausses histoires parfois maladroites mais touchantes de Lola, et ne lui demandait plus quand aurait lieu son retour. Il ne lui écrivait que très rarement, par fierté. Pourtant…il y pensait énormément – il y pensait tellement ! - tous les jours pour ainsi dire, à ce que pouvait faire Lola. Sauf peut-être celui-là. Le jour de son mariage. Et voilà que « sa » Lola se tenait debout devant lui. Il voulait lui poser mille questions, lui demander tant de choses sur son départ, sur son absence, mais restait paralysé. Il redevenait le petit Simon qui admirait la petite Lola dans la cour de récréation et ne parvenait pas à sortir le moindre son de sa gorge. Ebloui tant par sa beauté que par sa simple présence.

— Je sais ce que tu penses. Pourquoi est-elle là aujourd'hui ? Pourquoi me fait-elle ça le jour de mon mariage ? Lola affichait une expression que Simon ne lui avait jamais connue jusqu'ici. La voix tremblante, la gorge nouée, elle prit sa respiration pour finir sa phrase. Mais je ne suis dans le coin que pour deux jours, conclut-elle.

Une explosion venait de retentir dans le crâne de Simon. Tout ce qu'il désirait lui demander, tous les ressentiments en lui avaient disparus. Une phrase de Lola et toute sa rancœur s'était envolée. Celle qu'il n'avait pas revu depuis six longues années était là, et devait repartir dans deux jours. Pourtant, c'était comme si ces six ans n'avaient duré que six minutes. Si le poids du temps se notait un peu sur leurs visages, ils portaient toujours en eux cette étincelle d'optimisme quand ils étaient réunis.

Se posait alors un choix, un dilemme même. Tous les deux l'avaient compris. Ils avaient seulement deux jours à eux, deux petits jours. Simon se demandait combien de choix déterminants il avait dû faire jusqu'ici dans sa vie ? Trois, quatre au grand maximum. Souvent, d'ailleurs, sans être conscient de leur importance. Jamais une lucidité telle que celle-ci ne s'était emparée de lui et avait isolé deux chemins bien distincts. Tous les deux savaient ce qu'insinuait Lola avec son « je ne suis là que pour deux jours ». Ils se connaissaient parfaitement. Ils n'avaient besoin d'aucun manuel, d'aucun mode d'emploi pour saisir le fonctionnement de l'autre. Partir ou rester, c'était bien là la difficulté. Lola savait que Simon était incapable de trancher, d'effectuer un choix aussi radical en quelques secondes. Simon, en vain, tentait de trouver Elizabeth du regard, perdue au milieu de tous les invités, reine au milieu de ses sujets.

Sans rien dire, Lola sortit un stylo de sa poche, se dirigea vers une table où elle prit deux serviettes et commença à écrire dessus. Elle revint vers Simon, lui tendit les deux serviettes et dit :

— Laissons faire le hasard. Choisis en une.

Cette idée rassurait Simon. Elle le lavait de toute responsabilité. Qu'il est bon, ce hasard, quand il est salutaire ! Dans quelques secondes, il saurait si les gens se souviendraient de lui comme de celui qui avait fui avec une inconnue le jour de son mariage, ou comme d'un mari dévoué qui avait ouvert le bal aux bras de sa ravissante Elizabeth. La serviette était maintenant dans sa main, encore pliée. Il n'osait pas la lire et préféra la tendre à Lola pour qu'elle lui annonce le verdict. Après un léger silence, elle dit :

— Alors, allons-y ! La satisfaction, le soulagement étaient réels, mais elle redoutait encore la réaction de Simon à ce dénouement.

— Où ? répondit-il.

— On verra ! Elle lui saisit le bras et tous les deux commencèrent à courir. Dans le tumulte de la célébration, personne ne prêta attention à cette course.

Simon voulait vraiment trouver Elizabeth, lui lancer un regard qui lui aurait signifié : « Je n'ai pas le choix. ». Peut-être se trompait-il, mais il avait l'impression qu'Elizabeth comprendrait, qu'elle validerait son attitude. Ou alors, au contraire, cet acte marquait-il la fin de leur union ? Il ne savait plus, et se retrouvait entraîné dans un tourbillon au milieu de cette foule. En quelques minutes, Simon et Lola étaient redevenus ces enfants inséparables, ces gamins dont le plaisir suprême consistait à être ensemble, ce « petit couple » uni par un fil indestructible et isolé des autres.

Quelques centaines de mètres plus loin, un taxi attendait. Le chauffeur lisait tranquillement son journal et fut pris d'un sursaut lorsque Lola tapa des poings sur la vitre. La porte s'ouvrit. Simon et Lola étaient assis, comprenaient qu'il était maintenant impossible de faire machine arrière. Bientôt, la rumeur du départ de Simon se propagerait d'invité en invité. Lola demanda à Simon de lui donner une direction. Un peu surpris, il orienta mécaniquement son index vers sa gauche.

— Vous pouvez rouler tout droit dans cette direction ! dit Lola au chauffeur

Emporté par l'intensité des battements de son coeur, par le sacrosaint bonheur d'être aux côtés de Lola, Simon eut une idée qui lui parut alors la plus logique du monde :

— Pendant 1h12. Roulez tout droit pendant 1h12 précise, ajouta-t-il.

La proposition ravissait Lola. Elle ne s'attendait pas — non, vraiment pas — à ce que Simon accepte si simplement de la suivre, de monter dans ce taxi en direction de nulle part, de ne lui poser aucune question dérangeante. Elle scrutait discrètement ses attitudes et ne pouvait s'empêcher de penser que le temps n'avait en rien changé Simon. Elle voyait exactement celui à qui elle avait dit au revoir, en ce 15 septembre 2002. Sa bonhomie demeurait toujours aussi vive, son air distant, distrait, toujours aussi attachant. L'heure des explications viendrait, elle le savait. Mais elle voulait d'abord profiter de l'adrénaline procurée par ce départ inopiné au goût d'adolescence.

Une heure et douze minutes plus tard – il est important de confirmer l'exactitude temporelle – le taxi ralentit doucement, pour se mettre sur le bas-côté de d'une route déserte. Le chauffeur, par professionnalisme mais aussi dans l'espoir de voir la note augmenter, s'assura auprès de ses deux passagers qu'ils étaient certains de leur choix. Après leur approbation, il savoura le paiement de ce voyage de quelques dizaines de kilomètres et fit demi-tour. Simon et Lola se retrouvaient seuls, en pleine campagne, ignorant même l'endroit où ils se situaient. Mais qu'importait le lieu, la météo ou la fin du monde, car ce bonheur retrouvé instantanément entre eux leur suffisait. Autour d'eux : rien. Hormis une route interminable qui semblait déboucher sur un croisement une centaine de mètres plus loin. Un panneau de signalisation indiquait l'existence d'un village à deux kilomètres et demi. D'un accord implicite, tous les deux levèrent les yeux vers le panneau et suivirent la direction dudit village. Contre toute attente, Simon décida d'apaiser la lourdeur du silence ambiant :

— Alors…Comment as-tu su pour le mariage ?

— Oh…eh bien…Je suis revenue depuis quelques temps…Et j'étais passée te voir dans la maison de tes parents il y a…je dirais…deux mois. Tu n'étais pas là et quand j'ai demandé à ta mère pourquoi, elle m'a répondu que tu préparais l'organisation de ton mariage. Je dois t'avouer que j'ai été assez secouée par la nouvelle, mais j'ai promis à ta mère de ne pas entrer en contact avec toi avant le jour J. Elle pensait que cela pourrait te perturber si je refaisais une apparition aussi impromptue dans ta vie alors que tu allais te marier. J'ai tout de suite pensé qu'elle avait raison, et j'ai patienté jusqu'à aujourd'hui avant de revenir vers toi. Je voulais attendre encore un peu mais rater le jour de ton mariage…Rater le plus beau jour de la vie de mon Simon…m'était impossible. J'ai donc décidé de venir me mêler à la foule, avec l'objectif de partir une fois la cérémonie terminée…Mais tu as croisé mon regard de façon inattendue. A partir de là…je ne pouvais plus partir sans te saluer, tu comprends…Et sans te féliciter ! Ta femme est très jolie et rayonnante. Elizabeth, c'est bien ça ?

— Oui c'est ça

— Par contre…je n'avais pas planifié de t'arracher à elle aujourd'hui...J'espère que tu me crois. Ce n'était en rien prémédité. Mais je voulais que tu saches que je ne pouvais rester ici que deux jours avant de repartir. Te voir était déjà bien. Te parler encore mieux. Mais j'espère que tu ne m'en voudras pas de t'avoir amené avec moi et…

— Non, c'est moi qui suis venu, interrompit Simon. Ne t'en fais pas, je suis ici par choix, pas par obligation.

Durant toute cette balade, ils n'échangeaient aucun regard. Chacun fixait le sol, ou alors cherchait vainement une indication kilométrique concernant ce mystérieux village. Mais aucun, absolument aucun échange visuel n'eut lieu pendant ces deux kilomètres et demi de marche. Lola se sentait soulagée du poids de la responsabilité. Tous les deux étaient fous. Tous les deux avaient bravé les lois de la bienséance en partant le jour du mariage de Simon. Ils assumaient et, surtout, devraient assumer à deux.

— Tu sais…Si je suis partie comme ça du jour au lendemain…enfin…je ne voulais pas te faire souffrir tu comprends…C'est que…

— Chut, s'il te plait. Simon posa son index sur la bouche de Lola pour lui signifier que ce n'était pas le moment. Plus tard. On parlera de ça plus tard.

Sa phrase terminée, Simon ressentait un étrange sentiment de fierté. Il savait que les explications viendraient. Pour le moment, sa seule préoccupation était de savourer ces minutes de solitude qu'ils avaient tant désirées. Quelques mètres plus tard, il aperçut le clocher d'une église et comprit que le village se rapprochait. Une vision qui les soulageait tous les deux, car le soleil disparaissait lentement et l'idée de passer la nuit sur une route de campagne ne les ravissait pas.

Au contraire de Simon, Lola ne croyait pas au destin. Elle pensait que ceux qui se cachent derrière cette illusion ont peur de la vie, cherchent à se réfugier dans de plates certitudes les dédouanant de leurs responsabilités. Mais, lorsqu'elle et Simon arrivèrent devant le panneau d'entrée de la petite bourgade, elle comprit que certains événements sont bien plus que de simples coïncidences. Tous les deux eurent le réflexe de se tourner vers l'autre, ne laissant transparaitre aucune émotion sinon un léger effroi, puis dirigèrent à nouveau leur regard sur le panneau situé devant eux. Un simple panneau de signalisation, rouge à fond blanc, de forme rectangulaire et tout à fait anodin pour toute autre personne, mais sur lequel était inscrit : « Bienvenue à Lamotte ». L'épisode du psychologue de lycée était encore ancré en eux. Ils n'y pensaient, à vrai dire, jamais, mais l'idée qu'une personne puisse les opposer les effrayaient par-dessous tout. Lire ce mot, « Lamotte », ces trois petites syllabes de rien du tout, signifiait revenir dix ans plus tôt, prendre une revanche sur la vie. Une sorte de Lamotte 2.0 s'offrait à eux – très différent certes – mais cela n'avait aucune importance. Ce Lamotte-là serait le leur, ils le maitriseraient et ne tomberaient dans aucun piège. Les deux pieds à l'intérieur du village, ils pouvaient lui dire merci, à ce diablotin de destin.

Très vite, ils cherchaient de quoi dîner et dormir. Dans un environnement qu'on ne maitrise pas, on va juste à l'essentiel. Ils étaient seuls dans ce village, qui semblait presque abandonné, tant le silence y régnait. Ils avançaient en découvrant à chacun de leur pas un de ces petits commerces qui font l'âme des villages. Boulangerie, boucherie, pharmacie, droguerie, bureau de tabac…tout était concentré dans une seule et même rue centrale qui débouchait sur une charmante place. Une de ces places où des fleurs entourent une fontaine dont le jet d'eau ne fonctionne jamais. Autour, Simon et Lola aperçurent enfin les premiers résidents du coin. Sur un banc, un couple de vieillards discutait, se plaignant vraisemblablement de la météo, le regard tourné vers le ciel. Simon sourit. Ces deux-là assis sur ce banc, ce serait eux dans quarante ans, pensait-il. Plus loin, on pouvait apercevoir une affiche indiquant « chambre d'hôte ». Ils décidèrent de s'y arrêter pour y passer la nuit.

A l'accueil, une femme vaquait à des occupations diverses. Elle tuait le temps en classant des dossiers, en remettant sans cesse sur son nez ses lunettes qui glissaient. Son embonpoint donnait également l'impression que le souffle lui manquait. Sa respiration était anormalement bruyante. Lorsque Lola lui adressa un « bonjour » plein d'allégresse, elle sursauta un peu avant de lui rendre la politesse.

— Bonjour à vous. Soyez les bienvenus à Lamotte ! Que puis-je faire pour vous ?
— Nous aimerions réserver deux chambres pour deux nuits, répondit aussitôt Lola.
— Deux chambres ?
— Oui, deux chambres.

— Eh bien…Nous avons une chambre principale, à laquelle est reliée une plus modeste, avec moins de place et un lit plus petit, mais cela devrait convenir.
— Ce sera très bien. Lola était décidée à ne pas laisser parler Simon. Elle voulait gérer cette histoire de chambres toute seule.
— Très bien. Je vais vous aider à…Ah…Mais vous n'avez pas de bagages ? A cette question, le silence s'empara même de Lola qui affichait jusqu'ici une sûreté absolue.
— Nous…voyageons léger. Nous…sommes dans le coin pour vivre à la campagne le temps d'un court séjour. Ces broutilles de vêtements et tout ce confort, nous souhaitons le laisser un peu de côté.
— Bon…La gérante fit semblant de se satisfaire de ce mensonge mais se permit de rajouter : Sachez que nous avons de quoi vous habiller ou vous laver dans votre chambre. Au cas où, ajouta-t-elle, rusée. Elle se doutait que ces deux-là, débarqués de nulle part dans son auberge, cachaient un secret qui leur était personnel. Si vous avez besoin de quoi ce soit, appelez-moi. Vous pouvez faire sonner la cloche de votre chambre ou alors crier mon nom, je suis habituée.

Sur son badge, on pouvait lire en gros caractères son prénom : Rogère. Le haussement de sourcils de Simon à la lecture de son épinglette la fit sourire.

— Oui, Rogère ! C'est bien simple, nous sommes trois dans tout le pays à porter ce prénom ! Je suis unique, je vous le dis !

Ceci étant dit, Rogère se déplaça avec difficulté pour faire le tour de son comptoir. Le long gilet qu'elle portait lui arrivait aux chevilles, et ses pantoufles glissaient sur le sol en faisant un bruit grinçant et désagréable. Mais son hospitalité et sa désinvolture plaisaient à Simon et Lola. Cette femme d'un certain âge semblait dynamisée par l'arrivée ce qu'elle pensait être deux amants à la recherche d'un lieu isolé. Elle leur montra la grande, puis la petite chambre, leur donna quelques instructions de base et les salua en quittant la pièce.

Simon s'assit sur le lit. Lola regardait par la fenêtre. Inconsciemment, tous les deux reprenaient les gestes, les postures, les attitudes qu'ils avaient des années auparavant, quand le samedi après-midi sonnait comme le moment de grâce d'une semaine monotone. En silence, ils choisirent chacun un lit, et ils pensaient, peut-être à la même chose. Sans doute d'ailleurs. L'euphorie de leur départ imprévu commençait à retomber, et ils savaient qu'un lendemain bien tourmenté les attendait. Une journée durant, Simon et Lola seraient de nouveau unique l'un pour l'autre. Une journée durant, Simon et Lola se redécouvriraient, Ils devraient essayer de ne pas craquer, de ne pas montrer à l'autre que son absence a été comme une petite mort. Alors, ils se remettraient à rire des mêmes choses, ils se comprendraient de nouveau instantanément. Tout ceci, ils l'espéraient. Mieux, ils le savaient.

Une histoire de gifles

A quoi avaient pu songer Simon et Lola avant de s'endormir ? Chacun dans son lit, séparés par ce mur si fin, le sommeil ne se donnait pas à eux, en dépit de l'intensité de la journée écoulée.

Dans son grand lit, Lola fixait le plafond, allongée les bras le long du corps, engluée dans un véritable tiraillement. Elle venait peut-être de briser le couple de Simon par son attitude. Elle savait que les invités devaient parler, se demander qui était cette femme débarquée de nulle part. Ou alors, les gens ne l'avaient pas vu, et se demandaient simplement où était parti Simon. Elle savait que tout ceci n'était que folie, que partir à l'aventure pour une petite journée était dénué de sens. Mais elle voulait – elle devait – profiter de la présence de Simon à ses côtés. Elle le devait plus que tout autre chose. Son départ, des années plus tôt, avait probablement marqué Simon bien plus qu'il ne l'avait marqué elle. Elle se demandait comment elle pourrait lui annoncer…ou si elle devait simplement lui cacher la vérité…et ce dilemme embrouillait ses pensées d'une sorte de brume épaisse et oppressante. Ses doutes, ses interrogations se manifestaient plus que le bonheur immédiat d'être avec Simon.

Dans le plus petit lit, Simon avait adopté une posture proche de celle de Lola. Les yeux ouverts mais les bras croisés sur la poitrine, comme pour se protéger d'une éventuelle menace. Il voulait ouvrir cette porte qui les séparait, prendre Lola dans ses bras et lui dire que ce n'était rien, que son absence était oubliée, qu'il aurait été si bête de lui en vouloir. Quand il s'était retourné, quand il l'avait revu, quelques heures plus tôt, la grâce de Lola avait éclipsé tous ceux qui l'entouraient. Magistrale, stellaire, galactique telle qu'elle était dans sa robe rouge, ses cheveux toujours plus noirs, ses yeux en amande toujours plus éblouissants. Songer à la beauté de Lola, c'était oublier toutes les autres merveilles de la terre, se réduire à un pur état de néant. « Néant ». Etait-ce le sens du mot ou sa sonorité si raide, mais Simon associa ce mot à son mariage et, surtout, à son retour dans deux jours. On devait parler de lui dans des termes peu agréables, le qualifier de déserteur, lui donner toute sorte de nom d'oiseau (plus proches du vautour que du moineau, certainement). Son retour serait terrible, il le savait bien. Elizabeth le quitterait sans doute, et il serait de nouveau seul. Aucune femme ne peut pardonner un tel affront. Et si aucune femme ordinaire ne le peut, sa femme altesse le pourrait encore moins. Il avait une chance extraordinaire d'être marié à Elizabeth, et ne comprenait pas son acte. Il avait joué, il devrait en assumer les conséquences. Pour ne pas trop cogiter, il préférait se demander si le repas s'était bien passé, si le gâteau à la fraise qu'ils avaient choisi avait plu aux invités.

Dans les deux chambres régnait une atmosphère de réflexion intense, comme si ces deux esprits se rencontraient et échangeaient leurs visions. Et, ce qui ne fut pas étonnant quand on connait Simon et Lola, tous les deux réussirent à s'endormir en même temps. Dans la grande chambre un discret « bonne nuit Simon » quittait les lèvres de Lola et virevoltait paisiblement à travers la pièce. Dans la petite chambre, un tout aussi délicieux « bonne nuit Lola » sortait de la bouche de Simon pour recouvrir les murs de son chaleureux parfum.

A présent, posons-nous une question : Combien de journées ont le pouvoir de marquer une vie ? Tous les réveils se ressemblent. Mais celui qui entraine avec lui un souvenir éternel, une excitation exceptionnelle, celui-là est rare. C'est un de ces réveils, un parmi la petite dizaine que compte une existence, que s'apprêtaient à vivre Simon et Lola.

Ils ouvraient les yeux en même temps, - leur lien n'avait rien à voir dans ce hasard - tout simplement parce qu'un bruit assourdissant retentissait à proximité de l'auberge. Tous les deux se dirigèrent vers la fenêtre et aperçurent Rogère, une tronçonneuse à la main, qui coupait un arbre tout en lui proférant des menaces de mort s'il refusait de lui obéir et de tomber. Sceptique mais surtout amusé, le petit couple ne pouvait cacher sa gaieté devant une scène si authentique. Lola ouvrit la fenêtre et se mit à hurler « Bonjour Rogère ! », à plusieurs reprises en faisant de grands signes de la main. Au bout de trois tentatives, la gérante l'aperçut et lui rendit son salut.

— Ah, enfin ! J'ai bien cru que vous alliez dormir toute la journée ! Je veux pas de fainéants dormeurs ici ! cria-t-elle en éteignant son appareil. Vous pouvez descendre et prendre le petit déjeuner dans la grande salle, j'en ai encore pour un petit moment.

Arrivés dans la salle, Simon et Lola furent épatés par le festin qui les attendait. Rogère avait préparé là de quoi nourrir dix personnes. Etait-ce la brutalité du réveil ou la prise de conscience soudaine de leur escapade imprévue, mais ni Simon ni Lola ne parvenait à entamer la conversation. Coincé dans ses habitudes, Simon ne comptait pas réellement rompre le silence, tant ce rôle semblait d'office réservé à Lola dans leur duo. Pas de chance, donc, qu'elle non plus ne paraisse pas prête à parler. En réalité, Lola cherchait les mots justes, le sujet qui permettrait de lancer cette journée dans une dynamique positive. On porte une importance capitale au premier mot d'une vie, on s'en souvient pour nous, on en fait des poèmes et des histoires, tandis qu'on banalise la force du premier mot d'une journée. Elle le savait : ce qu'elle dirait dans les minutes, dans les secondes suivantes serait déterminant. Sorte de rampe de lancement vers l'ombre ou la lumière. Elle n'avait pas le droit à l'erreur. Mais quand le poids du moment prend le pas sur toute réflexion ordinaire, comment s'en sortir ? Un miracle, une idée lumineuse ? Elle scrutait Simon, qui beurrait encore et encore sa biscotte, et elle comprenait que dans ce geste maintes fois répété se trouvait toute l'angoisse de la journée à venir. Il ne levait plus les yeux depuis un bon moment, concentré exclusivement sur son couteau et son pain dur. Puis, l'idée qu'elle cherchait de toutes ses forces arriva. Lola baladait son regard tout autour de la pièce et aperçut un ordinateur au-dessus duquel était écrit : « connexion internet gratuite ». D'instinct, comme si c'était la dernière chose qu'ils allaient faire ensemble, comme si tout ce qu'elle avait refoulé depuis ce matin pouvait enfin s'échapper, elle saisit Simon par le bras, lui faisant étaler un peu de beurre sur la nappe et ruinant tout un travail biscottier, et avec la douceur de sa voix d'ange:

— Viens, on va jouer !

Simon ne comprenait pas vraiment la proposition de Lola, mais était tellement soulagé face à ce silence enfin rompu qu'il la suivit sans rien dire.

— Assieds-toi devant cet écran
— …ici ?
— Oui oui, on va s'amuser.
— Oh… je n'ai jamais vraiment apprécié ces jeux vidéo tu sais…Tu es certaine que…
— Fais-moi confiance.

Cette phrase suffisait à convaincre Simon. C'était en quelques sortes la phrase fatale, celle qui attestait de la certitude affichée par Lola. Deux, trois, au maximum quatre fois avait-elle dû l'utiliser depuis leur enfance. Avec ce « fais-moi confiance », Simon savait qu'il n'avait rien à craindre. Il pouvait rester sagement dans le nid couvé par

Lola. Béat, il la contemplait en train de pianoter sur le clavier.

— Voilà, dit-elle comme après avoir trouvé un trésor enfoui

— C'est quoi ? Simon se mit à lire à haute voix en articulant chaque syllabe: « Revivez votre vie, le site de toutes les folies. » Je ne comprends pas trop ce que…

— C'est très simple. On va s'amuser ! Chacun notre tour, nous allons cliquer sur ce bouton. Elle orienta le clic vers un gros bouton rouge sur lequel était inscrit « Je laisse faire le hasard ». Une phrase va s'afficher, qui nous donnera une mission à accomplir. Une seule règle : pas le droit de recommencer ! On clique une seule et unique fois, et chacun fera son gage aujourd'hui, d'accord ?

Simon retrouvait, dans cette idée enfantine et ingénue toute la fougue de la Lola qui le passionnait autrefois. Comment aurait-il pu refuser ? C'était exactement ce dont il avait besoin pour oublier la fuite de son mariage. N'importe quoi pour l'aider à s'enfuir et oublier. Mais, comme à son habitude, il préférait laisser Lola prendre les devants.

— Oui, mais tu…

— Ne t'en fais pas, je commence, le rassura Lola.

Complices, ils se jetèrent dans l'aventure. Lola reprit la souris en main et cliqua dessus. Un compte à rebours envahit l'écran. Cinq, quatre, trois, deux, un…La mission de Lola était inscrite, jetant un grand coup de froid dans ce moment d'euphorie. Simon était devenu tout pâle, tandis que Lola ne quittait pas l'écran des yeux. L'excitation était retombée, d'un coup, franc et sec. Tous les deux s'étaient engagés à respecter à la lettre la mission donnée par le site internet. Pauvres esclaves d'un clavier azerty… Bien des missions aux allures décalées ou loufoques les auraient ravi, mais celle-ci ramenait vers eux une période horrible, qui planait toujours au-dessus de leurs têtes. Le message s'exposait exactement en ces termes : « Tu dois retrouver ton amour d'adolescence »

Dur d'imaginer tâche plus ingrate. Lola, qui sentait jusque dans son propre corps les palpitations de Simon, cherchait à nouveau la phrase parfaite.

— On tient notre vengeance Simon ! On va pouvoir se moquer de Luc à notre tour et lui en faire baver.

Elle jouait sur un ressort commun à tous les hommes, du plus renfermé au plus extraverti : évoquer leur fierté.

— Allons-y, accorda Simon. Son cerveau bouillonnait encore, entre les souvenirs sordides de ces six semaines de séparation et sa rage, toujours vive, de mettre au sol ce Luc pour lui faire goûter le bitume. Mais il prenait sur lui. Le rire de Lola passait avant ses états d'âme.

Des recherches rapides dans l'annuaire permirent à Simon et Lola de localiser Luc. Il n'avait pas quitté leur ville d'origine. En une demi-heure, ils seraient chez lui. C'est ainsi qu'à huit heures trente-neuf, alors que le soleil remplissait peu à peu de son éclat la place centrale de Lamotte où la fontaine était toujours coupée, tous les deux partaient à la recherche de Luc. Commencement inattendu d'une journée inattendue.

— Tu penses qu'il est comment ? Qu'il est devenu quoi ? demanda Simon, alors que leur taxi traversait le village.
— Hum…Certainement un accro à la musculation, qui aurait aimé devenir pompier ou policier, mais que la vie a forcé à remballer ses illusions. Je le vois bien…chômeur ! Oh oui, chômeur depuis dix ou quinze ans, vivant au crochet de sa femme…Une

multimillionnaire sûrement, héritière d'une fabrique de chewing-gum à la menthe !

La bonne humeur de Lola était irremplaçable, Simon venait de s'en souvenir. Elle pouvait rendre agréable le plus atroce. Il espérait malgré tout que sa description était fausse, et que Luc était un raté complet, sans argent, sans vêtement, sans dents, tient ! Pendant qu'ils réfléchissaient, le taxi avançait vers leur passé, longeant de longues allées d'arbres, puis rejoignant une voie rapide qui les fit quitter le calme de Lamotte. Le « Et voilà », lancé par le chauffeur leur fit comprendre qu'ils étaient arrivés à destination. Il était neuf heures douze.

Lola reconnut immédiatement ce lieu, dans lequel elle avait passé six semaines loin de Simon. Dans son esprit d'aventurière, elle ne concevait pas qu'on puisse passer toute sa vie dans la même ville, et a fortiori encore moins dans la même maison. Ils s'approchaient lentement, marchaient sur la pointe des pieds, le dos courbé pour tenter de se dissimuler. Le petit portail d'entrée grinçait horriblement, mais personne ne semblait les avoir entendus. Quiconque passait par là à cet instant aurait cru à un cambriolage. Deux individus, inconnus dans le quartier, se faisant discrets, pénétrant dans le domicile d'un autre…la suspicion eut été évidente. La petite allée qui menait à la porte d'entrée comportait des fleurs mal arrosées, la plupart totalement fanées, et des pavés gris et rouges remplis de saleté. Le paillasson d'entrée, sur lequel devait être initialement écrit « bienvenue », avait perdu de sa vigueur et l'on pouvait lire « bi.v.en.e ». Lola était maintenant devant la porte, l'index pointé sur la sonnerie, tandis que Simon se tenait un peu en retrait derrière elle. Premier coup de sonnerie. Puis un deuxième. Et un troisième. Toujours sans réponse. Lola ne voulait pas en rester là. Elle indiqua à Simon un petit chemin de terre qui menait à l'arrière de la maison. En se rapprochant, elle entendait un bruit de machine électrique. Elle apercevait vaguement la silhouette d'un homme, une perceuse à la main. L'un à côté de l'autre, Simon et Lola observaient celui qui devait être Luc et restaient tous les deux perplexes, ahuris. Le Luc adulte ne ressemblait en rien à la description imaginée par Lola quelques minutes plus tôt. Très éloigné même du dragueur adolescent qu'il était. Enrobé, voire grassouillet, il arborait une tenue peu ragoutante composée de claquettes jaunes, d'un short lui arrivant aux genoux et d'un haut blanc sali par des éclaboussures. Son visage glabre n'en demeurait pas moins atteint par le poids des années, marqué fortement par l'usure de la vie, presque sévère. Le détail qui arracha un rire à Lola concernait ses cheveux. Inexistants. Ce même Luc, dont la passion première était de passer sensuellement (pensait-il) sa main dans ses cheveux au lycée, était désormais chauve. Dure ironie capillaire. Simon et Lola s'approchaient encore sans faire le moindre bruit, se retrouvant maintenant à côté de leur ancien bourreau. Se sentant épié, l'homme eut un sursaut et leur demanda ce qu'ils voulaient. On lisait sur son visage qu'il s'efforçait de positionner dans une case de son cerveau ces deux individus, qu'il connaissait de toute évidence. Lola s'avança :

— Luc ?
— Oui ?

Et d'un coup, sans la moindre hésitation, Lola leva son bras droit, rapprocha sa main du visage de Luc et lui asséna une gifle d'une violence inouïe. Une marque rosâtre envahissait sa joue gauche de haut en bas. Allègre comme une enfant, elle saisit Simon par le bras pour le ramener vers le taxi qui les attendait toujours devant la maison. Au bout de quelques pas, Simon s'arrêta net. Il avait oublié une chose. Il retourna devant Luc, leva à son tour son bras droit et lui donna une gifle dans laquelle stagnait la rancœur et la haine de plus de dix ans. De cette main-là s'était désormais échappée toute la frustration, tous les non-dits d'un mal-être enfoui, tout le poids de sa désolation adolescente. Surpris de la force de son coup, Simon regarda sa main toute groggy, puis leva les yeux en direction de Luc dont la joue gauche était passée d'un rose pâle à un rouge ardent. Tout fier de lui, Simon émit un « ahah ! » de satisfaction avant de courir pour rejoindre le taxi. « Vite, vite démarrez ! » lui cria Lola. Derrière la voiture, Luc, brandissant sa perceuse, menaçait le duo de gifleurs fous.

Une véritable extase régnait entre eux. Leurs rires ne s'arrêtaient plus, les douleurs au ventre non plus. Ils étaient redevenus ces deux écoliers des années quatre-vingt-dix, insouciants et heureux seulement en la présence de l'autre. Ils venaient de frapper un homme mais avaient rarement été aussi fiers de leurs prouesses. Retrouver une part d'enfance est un plaisir démesuré, le seul moyen d'échapper à la monotonie du quotidien et à la pression de l'existence. Si ces secondes de folie avaient pu durer toute la vie, certainement Simon et Lola auraient-ils été d'accord. Et dans la désinvolture qui était la sienne, Simon se permit de bousculer un peu les règles du jeu :

— J'aimerais que l'on retourne à la plaine. Celle où on avait passé tout un été, en 1996, rien que toi et moi, tu t'en souviens ? Ce sera ma mission. C'est tout près d'ici, alors autant gagner du temps.

Lola sourit. Aucune proposition n'aurait pu lui faire plus de bien que celle-ci. Il était neuf heures cinquante-deux, et deux gifles venaient d'effacer six ans de privations.

Une histoire de lendemain de mariage

Que peut-il bien se passer dans la tête d'une femme qu'on abandonne le jour de son mariage ? Pour Elizabeth, le réveil n'avait rien d'idyllique. Ce qui aurait dû être un lendemain de mariage classique, avec tendresse, mots d'amour exagérément romantiques, échange de petits bisous mielleux, se transformait en catastrophe. Elle n'avait rien vu. Elle n'avait pas compris. Personne d'ailleurs, autour d'elle, n'avait vu partir Simon. En réalité, la rumeur avait gonflé tel un ballon de baudruche. Avant d'exploser. Certains disaient que Simon souffrait du syndrome du jeune marié anxieux. « Un classique », disaient ceux qui se considéraient comme les pontes du mariage. D'autres affirmaient qu'ils avaient vu Simon et Elizabeth se disputer au sujet du buffet froid, et que la querelle avait abouti à ce petit divorce. La rumeur est inévitable, la rumeur absurde est gênante. Les plus imaginatifs évoquaient une mise en scène calculée, préparée minutieusement par Simon dans le plus grand secret qui se terminerait en explosion de joie. Ils pensaient qu'il reviendrait avec une énorme surprise, ou qu'il atterrirait en hélicoptère dans le jardin. Mais plus les heures passaient, moins les défenseurs de cette théorie étaient nombreux. Tous durent se rendre à l'évidence : Simon était parti.

La fête annoncée n'eut donc pas lieu. Les pleurs avaient remplacé la joie dans le cœur d'Elizabeth. A ce chagrin succéda un long questionnement, une remise en question, une furie, une rancœur, une envie de meurtre, une détresse, puis de nouveau les pleurs. Lorsque ses parents avaient tenté de la consoler, Elizabeth s'aperçut qu'ils n'aimaient pas Simon, ou tout du moins qu'ils ne plaçaient pas en lui de lourds espoirs de fonder une grande famille et de réussir dans la vie. « Des comme ça, tu en trouveras des dizaines », lâcha son père exaspéré, accoudé au comptoir vide de l'hôtel prévu pour les invités, un verre de whisky écossais à la main. Elizabeth préférait ne pas prêter attention à ces remarques, ressassant minute par minute le déroulement de cette journée dans sa tête. Simon, c'est vrai, avait l'air absent lors des vœux, mais il l'était toujours un peu. Son côté rêveur, elle le connaissait par coeur. Qu'il apparaisse stressé lors du transport au restaurant n'était pas plus étonnant. Quel homme n'a pas en tête, à cet instant, toutes les limites que cet anneau va lui imposer désormais ? Et puis, ce départ…Il devait y avoir une explication…mais laquelle ? Elle campait sur sa chaise, seule au milieu de ce hall vide, accompagnée par un père ivre et une mère qui inspectait la qualité des géraniums. Elle pensait à ce que Simon pouvait faire au même moment. Elle pensait à ce qu'ils pourraient faire tous les deux au même moment. Et, fatalement, ses yeux se posèrent sur une bouteille de vin. Pas n'importe laquelle : un château Margaux de 2002. Elle eut un rire nerveux, sec, puis songea à son premier rendez-vous avec Simon.

Le toupet dont elle avait fait preuve pour inviter Simon au restaurant avait disparu deux jours après sa proposition. Elle faillit annuler sa venue, de peur que le jeune homme qu'elle avait dépanné à la Poste ne la prenne pour une fille facile. Mais, par besoin de changement plus que par envie, elle décida de se rendre au restaurant qu'elle avait choisi. L'homme était déjà à table, habillé très simplement, alors qu'on ressentait en le voyant que mettre une chemise et un jean relevait pour lui de l'effort vestimentaire. Elizabeth s'assit en face de lui avec la ferme volonté de ne rien laisser transparaître. Il devrait gagner son respect. Lorsqu'il lui tendit une enveloppe, elle prit cela pour un cadeau, et remercia le jeune homme d'une bise conviviale. Il semblait stupéfait devant tant de cordialité. En ouvrant, elle aperçut un timbre et se souvenait, triste platitude de la réalité, que c'était le but de ce rendez-vous. Il n'était pas là pour la séduire, mais seulement pour la rembourser de sa dette. Un timbre. Cinquante-six centimes. Il était venu pour ça. Cette innocence la charmait, et elle dévisageait maintenant son vis-à-vis avec curiosité. Il ne parlait pas, lisait son menu depuis de longues minutes, dévoilant malgré lui son inexpérience et sa maladresse. Le charme opérait toujours plus chez Elizabeth, qui insistait à poser ses yeux sur ce visage puéril, empreint d'une évidente naïveté, se demandant certainement ce qu'il faisait là. Quand le serveur vint prendre leur commande, il imita Elizabeth en prenant le même plat de pâtes. Sans le savoir, et probablement sans le vouloir, il la séduisait chaque seconde un peu plus. Le serveur avait fait demi-tour avant de revenir, navré, et de demander : « Vous désirez du vin ? ». Elizabeth sentit le regard apeuré de Simon face à cette question, tant le « oui » qui sortait de sa bouche était machinal. Sans doute regrettait-il déjà sa confirmation. Il parcourait la carte des vins à toute vitesse, de toute évidence perdu dans la liste des cépages proposés. Perplexe, il posa brusquement le menu sur la table, avant de fermer les yeux et de pointer son index sur la carte. « Un château Margaux de 2002 », lisait-il. La cible était touchée. Elizabeth était totalement conquise à cet être venu d'un autre monde, maladroit mais touchant, aussi doué en choix de vin qu'en choix de chemise. Le repas suivait son cours.

Tous les deux faisaient connaissance, évoquant leurs goûts, leur famille, leurs passions. Alors qu'il se décrispait, Simon agitait ses mains afin de raconter à Elizabeth une histoire de tir à l'arc arrivée à son frère ainé. Quand il mima le geste de relâcher la flèche, son bras heurta la bouteille de vin, qui tomba sur la table, recouvrant la nappe d'une couleur rouge grenat et imbibant la robe d'Elizabeth aux trois-quarts. Elle sursauta, prête à faire une scène à cet imbécile de la Poste, mais n'y arrivait pas. Tous les deux se regardaient en riant, et elle proposa à Simon de se rendre à l'extérieur. Sa robe était toute tâchée tandis que vibraient en elle comme une effusion de couleurs, et elle avait une certitude : celle d'avoir en face d'elle son futur mari. Elle prit sa main, tourna sa tête et lui adressa un baiser, plein de lèvres humides, de tendresse et de rudesse, qui le fit rougir aussitôt. Elle sentait qu'il s'agissait certainement d'un des épisodes les plus érotiques de la vie de cet homme.

Le château Margaux était donc bien plus qu'un vin, c'était l'élément qui avait déversé ce flot de Simon en elle. Le voir là, devant elle, sans rien d'autre qu'un verre vide à ses côtés, la faisait presque souffrir. Les britanniques, aussi, ont leurs moments de peine. Et pourtant, malgré toute cette douleur, tous ces doutes, cette rogne même, elle gardait en elle une conviction absolue : Simon reviendrait.

Une histoire de mensonges

— Tu as renversé du vin sur sa robe ?
— Oui…
— Ah ah ! Lola riait si fort que ses organes semblaient se mouvoir à l'intérieur de son corps. Et elle a décidé de te revoir après ça ?
— Oui…Je crois même que c'est ce qui l'a convaincue.
— Ah ah ! Eh bien, elle doit beaucoup t'aimer pour craquer de cette manière !
— Sans doute oui. Et encore, tu n'imagines pas comment s'est passée notre première..fois…
— Oh racontes moi ! Tout en suppliant Simon de tout lui raconter, Lola avait subitement changé de posture. Elle qui était allongée se retrouvait maintenant les jambes croisées face à Simon, qui arrachait nerveusement chaque brin d'herbe qu'il voyait.
— Non je préfère m'arrêter là pour le moment. Son regard ne se détachait plus de la verdure qu'il découpait énergiquement.

Malgré toute l'insistance de Lola, Simon gardait cette seconde anecdote pour lui. Midi sonnait désormais, le tapage émanant des cloches de l'Eglise du village le confirmait, entrainant dans son sillon la peur des quelques oiseaux présents qui, les ailes déployées, volaient à une dizaine de mètres au-dessus du petit couple, formant comme un nuage en mouvement. Simon et Lola continuaient leur voyage dans le temps. Ils se revoyaient, cet été 1996, assis côte à côte sur l'herbe, sur cette grande plaine qui surplombait la ville. Là même où Lola lui avait offert ca baiser sur la joue, plein d'innocence et de bonheur. Quel plaisir incroyable que celui de retrouver ces sensations perdues, quel délice d'humer à nouveau le parfum de l'herbe à peine mouillée. Vraiment, la scène était à s'y méprendre en tout point identique, à quelques rides près, évidemment. Tout ceci dans un calme vertueux. Le genre de silence qui ne peut être rompu que par absolue nécessité. C'en était une dans l'esprit de Simon lorsqu'il se tourna vers Lola, sérieux :

— Lola…six ans…

Pour la première fois depuis leur naissance, Lola restait bouche bée devant Simon. Elle savait que son tour était venu. Son grand oral allait débuter, et le jury qui la regarderait ne pouvait pas être dupé. Elle prit le temps de la réflexion, une longue respiration et – réflexe féminin – ajusta son soutien-gorge. Geste vital.

— Je vais tout te raconter Simon, en essayant d'être concise. Oui, je sais, ce n'est pas mon point fort…bon…allez…quand je suis partie suite au décès de ma mère, j'étais un peu perdue. Je ne savais pas vraiment où aller, ni comment, et j'ai plusieurs fois voulu faire demi-tour quand j'ai quitté ton appartement ce matin-là. J'ai erré pendant plusieurs jours tout près de chez toi, je naviguais d'hôtels en hôtels et la fougue qui s'était emparée de moi, comme si je voulais venger la mort de ma mère en faisant le tour du monde, en la faisant voyager à travers moi, était toujours présente. Au bout sept, peut être huit jours, je me suis décidée à partir. J'ai pris le premier train, pour la première destination qui s'affichait devant moi. Et bim : Bruges.

— …

— J'avais décidé de ne rien calculer, et de me laisser aller au gré de mes aventures et du hasard. Je pensais y rester deux ou trois jours, mais le dépaysement de cette ville m'a ébloui et j'y ai passé deux mois. Je vivais de petits boulots, de serveuse à caissière, et même réceptionniste au Musée des beaux-arts. Tu aurais adoré. J'étais seule, sans personne à qui parler, mais je crois que je ne voulais voir personne. Je me contentais des relations de travail peu développées avec mes collègues et vivais paisiblement. Un matin, j'en ai eu marre. Je me suis levée, j'ai pris mon sac, et j'ai pris le premier avion. Et là…

— Rome ?

— …Oui, je vois que tu te souviens bien de nos échanges. Là-bas, tout était différent. Le calme de Bruges s'était envolé. Le bruit des Vespa avait remplacé la quiétude des gondoles. J'avais décidé de garder les mêmes habitudes, même si un inconvénient majeur se posait : la langue. A Bruges, les gens baragouinent le français, ou au pire l'anglais. En Italie…les gens baragouinent l'italien…Je suis restée plusieurs semaines sans emploi, et je sentais que mon argent se dilapidait rapidement. Je remplaçais les hôtels par des auberges de jeunesse. Et c'est là que j'ai rencontré Matteo. Un italien, comme tu t'en doutes, qui m'a aidé à trouver un travail dans un restaurant. J'ai pu m'en sortir un peu et passer quatre mois à Rome. Mais Matteo voulait plus que ma gratitude, si tu vois ce que je veux dire…Et il devenait pesant au quotidien. J'ai pris peur car il me suivait dans les transports, me téléphonait tous les soirs pour savoir où j'étais et me faisait des avances de plus en plus déplacées…Je suis partie en pleine nuit, pour être certaine qu'il ne trainait pas devant chez moi. A ce moment, j'ai voulu revenir en France. J'étais à deux doigts de prendre mes billets de retour, mais le destin en avait décidé autrement. A l'aéroport, j'ai vu une mère et sa fille qui s'apprêtaient à embarquer pour un vol vers le Canada. Pour une raison absurde, pour essayer de faire revivre ma mère sans doute, je les ai suivies. Avec, en tout et pour tout, quelques robes, trois pantalons et deux casquettes. Des accessoires bien inutiles au pays des bonhommes de neige. A mon tour, j'étais devenue la suiveuse. Une sorte de Matteo du Canada. Je ne quittais pas ces deux femmes du regard pendant le vol, m'installais près d'elles au café, prenait une chambre dans leur hôtel, et pendant leur mois sur place, je faisais tout comme elles. Elles m'ont aperçu, je crois, et plusieurs fois, mais ça semblait les amuser. Elles devaient me prendre pour une folle inoffensive. Suite à leur départ- je n'avais pas les moyens de les suivre - j'ai sombré dans une période de dépression, où je voyais ma mère partout. J'ai dû me rendre dans un centre spécialisé pour être prise en charge et m'en remettre. Par chance, j'ai pu être rapatriée en France rapidement. Mais, tu t'en doutes, j'en voulais plus…A peine remise de ce traumatisme, je suis partie à Berlin. La suite, tu la connais mieux…nos échanges ont nettement diminué depuis…et je m'en veux encore…j'ai navigué ensuite dans l'Europe de l'est essentiellement. Et aujourd'hui, je suis devant toi…

Simon se disait que, de toutes les histoires qu'elle lui avait racontées, celle-ci n'était pas la meilleure. Elle mentait, avait tout inventé, il le savait parfaitement. Mais il l'avait envisagé. Il savait qu'elle ne lui dirait pas tout immédiatement. Rattraper six ans oblige à quelques coups de bluff et un peu de roublardise. Trop de flou entouraient encore ces dernières années. Lola, elle, savait que Simon l'avait démasquée. Ce Matteo, jamais il n'avait croisé sa route, tout comme les deux femmes au Canada. Malgré tout, malgré ce mensonge assumé, tous les deux se complaisaient dans cette situation. Simon se contentait de ce scénario délirant, tandis que Lola trouvait dans sa toute fraiche narration une échappatoire idéale. Ce mensonge, aussi grossier fut-il, avait du bon. Pour Simon, il confirmait que tout le talent de conteuse d'histoire de Lola était intact. Et dans ce voyage mental vers leur passé, écouter Lola saupoudrer ses récits de sa voix de velours était un plaisir sans limites. Accepter le mensonge, c'était accepter que la vérité était sans doute trop dure à dire, trop lourde à entendre. L'idée qu'un homme avait, ou a peut-être encore, le privilège de jouir du corps et du temps de Lola le rendaient fou. Ce mensonge, pour le moment, le rassurait.

La romance qu'avais mise Lola dans son faux récit n'avait cependant pas enlevé ce goût de frustration qui régnait chez Simon. Comment lui expliquer la douleur qu'il avait ressentie après son départ ? Comment lui raconter les dizaines de nuits blanches sans elle ? Comment lui dire qu'il aurait tellement voulu être à ses côtés ? Comment ? Il n'en avait pas la force. Il fallait rassurer Lola, ne pas lui montrer ses multiples fêlures, c'était le plus important. Elle ne devait plus voir en lui le jeune adulte fragile qu'elle avait quitté, mais un homme marié, sûr de ses choix, conscient de ses responsabilités. Et puisque la confidence entraine la confidence, la discussion se dirigea tout naturellement vers lui.

— Et toi ? Tu m'as parlé d'Elizabeth, de votre rencontre, mais pas de toi. Quand pourrais-je lire ton premier roman ?

— Oh ça...

— Allez, dis-moi !

— En fait...Je n'écris plus depuis un certain temps...qui coïncide à peu de choses près à ma rencontre avec Elizabeth. Tu sais, les années qui ont suivi ton départ,

j'étais...très seul...je me réfugiais dans la douleur de l'écriture. Je sortais peu, je n'avais pas d'amis, je regardais tes photos, je t'envoyais du courrier, j'attendais ton retour. Le hasard de ma rencontre avec Elizabeth m'a fait changer...enfin...Elizabeth m'a fait changer. Je vivais dans l'espoir de publier un jour un livre, sans travail. J'étais si accroché à ce rêve que je ne voulais rien faire d'autre. Avec Elizabeth...j'ai dû m'adapter à ses attentes. Je sais qu'elle m'aime, et que sans le sou elle m'aurait épousé aussi...mais j'ai ce doute en moi...ce manque de confiance...j'ai préféré trouver un emploi stable pour la rassurer.
— Et...que fais-tu ?
— Tu vas te moquer de moi...
— Mais non !
— Tu promets de ne pas rire ?
— Promis, juré...Pfft craché !
— Je travaille...à la Poste...

A peine la phrase de Simon terminée, Lola éclata de rire au point de devoir essuyer ses larmes avec ses manches. Un fou rire comme rarement sa vie lui en avait procuré, à s'en tuer les muscles du bas ventre. Deux minutes de rire, et elle reprenait doucement son calme.

— Tu es sérieux ?
— Oui. Sacré clin d'œil de l'histoire je sais. Mais Elizabeth trouve ça romantique.
— Et ton rêve ? Où sont les milliers de pages que tu as écrites ?
— Envolées.
— Simon ! Cette fois, Lola ne riait plus. Elle avançait ses deux bras en avant, saisit Simon par les deux épaules et le secoua de toutes ses forces. Simon ! Ecoute moi bien Simon ! Tu vas recommencer à écrire ! Tu m'entends ? Tu vas re-co-mmen-cer à é-cri-reeee ! Le hurlement provoqué par ce long « e » créa un écho qui résonnait dans toute la vallée.
— Oui…oui…Lola…Simon était toujours incapable de résister à la volonté de Lola. Encore moins sous la menace.
— Bon ! Tu as intérêt à le faire ! Je comprends que ta femme passe avant tout, mais n'oublie pas tes désirs, tes rêves d'enfant, du jeune Simon qui me lisait ses textes à voix haute dans sa chambre. Tu t'en souviens ?
— Evidemment…
— Bon. Alors, dès que possible, achète-toi un calepin, des stylos, tout ce que tu voudras pour redevenir le petit poète d'avant !

Si Lola avait menti outrancièrement, Simon avait été plus habile. Peut-être parce que Lola le pensait incapable d'affabuler, ou alors parce qu'il réunissait toutes ses forces pour ne pas lui dévoiler, pour ne pas lui montrer qu'elle avait été dans tous ses récits, que le mot « Lola » apparaissait sur tous ses brouillons, cachés dans le quatrième tiroir de son bureau – derrière un tas de vieux CD qu'il n'écoutait plus – et qu'elle avait été sa muse, son inspiration permanente durant toutes ces années. Non, tout ça il ne pouvait pas lui dire. Il resterait seul maitre de sa fourberie. Ses pensées furent stoppées par le clocher de l'Eglise, d'où provenaient quinze coups de cloche bien lents, bien francs. Le temps défile anormalement vite auprès de ceux qui vous charment, pensa-t-il.

— Regarde ! Là-bas ! insista Lola qui se redressait sur ses deux jambes et avait posé sa main droite au-dessus de ses yeux pour s'en servir de visière.
— Où ? Simon regarda Lola et l'imita. Avec les yeux plissés et une main posée sur le front, il espérait mieux y voir, ou au moins aussi bien que Lola. Ca ne marchait pas. Il plissait maintenant les yeux si forts qu'il ne lui restait plus qu'un léger brouillard dans le champ de vision.

— Mais si ! Allez viens ! Lola attrapa la main de Simon qui ne semblait rien comprendre à la situation. Il était bien, assis dans l'herbe.

Lola pila d'un coup sec. Dans son élan, Simon eut des difficultés à s'arrêter et percuta le dos de Lola.

— C'est beau...

Simon se demandait plus que jamais ce qu'il devait regarder. Il hochait la tête à droite, puis à gauche, perdu. Puis, enfin, ses yeux percutaient ce qui avait saisi Lola. Il comprenait mieux pourquoi elle l'avait chahuté aussi vivement. La scène était touchante. Devant eux, sans les habituels brouhahas, les sempiternels cris de joie ou de foule hystérique, se dressaient un vieillard, vêtu intégralement de blanc, dans un costume sorti tout droit du XIXème siècle, un chapeau tout aussi blanc sur la tête, et une vieillarde, dont la robe rouge scintillait, rayonnante de vie telle une jeune princesse. Simon ne comprenait pas comment il avait pu les manquer. Tous les deux marchaient à une allure excessivement lente, bras dessus bras dessous, quittant fièrement l'Eglise du village où ils venaient de se marier. Vraiment, la scène était surréaliste, tant elle paraissait dans la mauvaise époque. Lola montrait une vive émotion face à ce tableau inouï, et regardait les deux tourtereaux passer devant elle à une allure d'escargot. Dans sa méditation, elle se laissait aller et posa candidement sa tête sur l'épaule de Simon.

— Ils nous ressemblent, tu ne trouves pas ? finit-il par dire. Lola ne répondait pas. Un jour, ce sera peut-être nous...

Il y a des phrases qui viennent de nulle part, qui sortent aussi naturellement que poussent les feuilles d'un arbre, et qui, aussitôt dites, inspirent un profond regret. Simon aurait aimé ne jamais avoir prononcé ces mots, et pouvoir arracher cette phrase comme une feuille verte. Il suait, et n'osait plus rien dire. Le silence de Lola le terrifiait encore un peu plus. Peut-être n'avait-elle rien entendu ?

— Oh...

Elle avait ôté sa tête de son épaule, lui adressant un regard furtif, puis baissant les yeux. Elle avait donc bien entendu. Que cachait ce « oh », prononcé d'une manière si neutre, si placide ? Simon préférait ne pas continuer sur cette voie. Finir avec ce « oh » était la meilleure réponse à sa stupide réflexion, pensa-t-il. Les deux centenaires étaient désormais bien éloignés. Simon et Lola se retrouvaient seuls, décidés à retourner à Lamotte pour profiter de cette soirée qui les réunissaient. Le cœur rempli de mensonges bienveillants, d'incertitudes profondes, et le ventre vide.

Une histoire de guitare

Reprenons de la hauteur. Imaginons-nous – délirons un peu tient – être un oiseau survolant cette scène. Simon, Lola, la solitude à deux, les incertitudes, tout ça plane à côté de nous, nous le ressentons intensément. Un battement d'ailes, puis une question inévitable ; Que peut-il leur arriver ? Une dizaine d'heures, tout au plus, les sépare d'un nouvel au revoir. La montre égrène chaque seconde, l'une après l'autre. Ces secondes qu'il faut désormais vivre jusqu'à se s'épuiser le cœur, à se rompre le souffle, à se déchirer l'âme. Ils sont seuls au monde, ces deux-là, où qu'ils se trouvent, mais quelle complexité que d'avouer à l'autre son importance ! Partons, continuons notre route dans le ciel azur, pour les laisser voler, eux aussi, vers les dernières heures de leur complicité retrouvée.

A dix-sept heures cinquante-six, Simon et Lola franchissaient à nouveau le panneau d'entrée de Lamotte. A dix-huit heures deux, la porte de l'auberge. A dix-huit heures trois, le regard de Rogère.

— Ah enfin ! Je vous pensais perdus ! Ou bouffés par des loups ! Ah ah ! Rogère, toujours derrière son comptoir, occupée à résoudre on ne sait quel problème comptable, semblait ravie du retour de ses deux pensionnaires. Hum…Vous avez l'air affamés vous deux…Allez vous changer, je m'occupe de tout ! Elle se redressa, enfila deux grosses pantoufles violettes, ferma le dernier bouton de son tablier et sifflota en se dirigeant vers la cuisine.

Une trentaine de minutes plus tard, Simon et Lola prenaient place au sein d'une petite cour isolée, entourée de quelques vieux arbres, une table dressée en plein milieu de cet espace coupé du monde. Rogère les attendait sagement, leur indiquant avec ses deux mains de prendre place, comme s'il s'agissait d'un restaurant trois étoiles. Cette soirée semblait l'enthousiasmer tout particulièrement.

— Comme ils sont mignons tous les deux ! lança Rogère en s'éloignant de la table, de manière assez audible pour que cela arrive aux oreilles de Simon et Lola. Evidemment, tous les deux firent mine de ne rien avoir entendu.

Si tout le décor était splendide, au-delà, -très certainement- des espoirs qu'ils avaient mis dans cette journée, un goût amer les envahissait. L'euphorie des retrouvailles avait petit à petit laissé poindre une certaine appréhension, voire une angoisse, d'une nouvelle séparation. Mais, ce que Lola voulait absolument éviter était de tomber dans une piètre nostalgie, de ne pas vivre cette soirée à cent à l'heure. Se laisser aller, c'était tout !

— Tient, c'est quoi ce vin ?, démarra-t-elle. Parler de vin, c'était tenter de réchauffer l'atmosphère, pensait-elle.

Une inspection rapide confirma qu'il ne s'agissait pas d'un Château Margaux. Lola pouvait être rassurée : sa robe finirait intacte. Simon pouvait être rassuré : il ne serait pas hanté par le fantôme d'Elizabeth. Sans lui demander son avis, Lola remplit entièrement le verre de Simon. Avant de faire de même avec le sien. Elle tendait son bras en direction de Simon puis dit : « Profitons ! ». Simon acquiesça, et tous les deux prirent une grande gorgée de ce vin rouge fort râpeux, presque charbonneux, aux vertus chaleureuses et positives.

Le vin est un formidable ennemi de l'embarras en cela qu'il décante les pensées aussi fort qu'il délie les langues. Tuer cette angoisse naissante, c'était la seule obsession de Lola. Et quand elle posa ses yeux sur cet instrument, posé négligemment sur un rebord de fenêtre, elle y trouva l'idée tant attendue. Elle se leva, se dirigea vers la fenêtre et saisit la guitare qui y était posée. Elle se rapprochait de Simon, se mit assise sur la chaise et but une autre gorgée de vin. Tout ceci sans le moindre mot prononcé. Dans un silence des plus énigmatiques.

— Tu pardonneras les faussetés dans ma voix et les quelques notes approximatives ?
— Oui, oui oui.

Au premier accord, Simon eut un terrible frisson. Aucune concentration ne lui fut nécessaire pour identifier le cadeau musical que lui offrait Lola. A chaque note, à chaque nouveau frottement des doigts de Lola contre ces six petites cordes, son cœur battait plus fort. Et son saisissement s'accentua encore plus lorsque, d'une voix si fluette, chétive, elle entonna les paroles : « I met her in a club in old Soho where you drink Champagne and it tastes like cherry cola… ». Sa Lola lui offrait une version si parfaite de la chanson qui avait accompagné tant de samedis après-midi d'antan. La « Lola » des Kinks, chantée par la Lola de Simon. Quatre minutes de perfection. Les peurs sous-jacentes aussitôt balayées par ce pouvoir mélodique. Sur les derniers « Lololololaaa », Simon ne résista pas au plaisir de chantonner lui aussi. Il aurait voulu applaudir, lui envoyer les plus incroyables des remerciements lorsque la chanson prit fin, mais restait toujours prostré devant tant de maitrise. Pas de maitrise musicale, non, car pour un œil extérieur, l'interprétation de Lola était très moyenne, mais dans le cœur de Simon, rien ne pouvait sonner plus juste. Ces quatre minutes tentaient de rattraper, tant que possible, six ans d'absence et de douleur, déversant comme un arôme de miel au sein de la cour, et avaient laissé le temps à Simon de finir la première bouteille de vin.

— J'ai eu quelques années pour m'entrainer, conclut une Lola au bord de l'explosion lacrymale mais qui exagéra un rire pour dissimuler son émotion. Tu as aimé ?
— J'ai adoré. Merci Lola.

Rogère, discrètement cachée, arriva à la fin de la chanson pour servir le repas. Tout aussi discrètement, elle remplit les deux verres de vin. D'un réflexe commun, Simon et Lola vidèrent leur coupe. Décidément, ce vin devenait leur oxygène dans cet océan d'allégresse. Un oxygène qui montait à la tête, apportant un élan de désinhibition chez Simon, peu habitué aux excès alcoolisés.

— Lola…Je ne me permettrai pas de remettre en cause tes explications…mais peux-tu répondre à une question ?

— Je t'écoute.

— C'est un homme c'est ça ?

— …

— Tu es partie pour suivre un autre gars, du type de Luc ?

— …

— Et tu ne voulais rien me dire pour ne pas me faire mal ? Tu as inventé ces histoires de tour du monde bidon alors qu'en fait tu étais avec lui ?

Lola ne s'attendait certainement pas à cela. Simon doutait de ses histoires et, par-dessus tout, pensait qu'un homme l'avait de nouveau envoutée. Elle n'arrivait cependant pas à lui annoncer la vérité. Elle pensait d'abord que la voie diplomate serait la meilleure solution :

— Oui. C'est pour un homme.

Cette fois, Simon était incapable de dire si elle lui mentait ou non. Imbibé de vin dans tout son corps, il forçait sa concentration pour regarder les sourcils de Lola. Ses sourcils étaient durs. Les menteurs ont les sourcils mous, c'est connu. En tout cas, à cette dose d'ivresse, sa théorie sourcilienne lui semblait d'une cohérence à toute épreuve.

Mais Lola ne pouvait se satisfaire de lui répondre de cette manière. Encore assez lucide, elle prit le temps de formuler sa réponse dans sa tête. Elle ouvrit les lèvres tout en songeant qu'il était temps de tout lui avouer :

— Simon, en fait…

Le moment, semblait-il, n'était pas encore venu. Une coïncidence, encore une : le téléphone de Simon sonna. Trois petits « dring » bien distincts. Un message venait d'arriver, le détournant aussitôt de la réponse de Lola. Dans ses yeux, mi rouges mi humides se dégageait ostensiblement la pire des difficultés à lire le contenu du message. Il ferma l'œil droit. Puis le gauche. Ouvrit les deux yeux au maximum. Les plissa encore une fois. Mais il était perdu. L'alcool avait enseveli toutes ses velléités de concentration. Il ne leur pardonne pas, aux innocents, l'alcool. Il tendit le téléphone à Lola pour lui demander de le lire. Elle stoppa net sa phrase et mobilisa toute sa concentration afin d'évincer les particules de vin qui lui embrouillaient l'esprit :

— Hum…Ca vient d'Elizabeth.
— Elizabeth ! Elizabeth ! Ma femme ! Elizabeth ! Pour affronter cette nouvelle, une gorgée de vin supplémentaire semblait utile d'après Simon. Il but un grand coup.

— Elle-même. Elle écrit : « Simon, je ne sais pas où tu es, je ne sais pas ce que tu fais, mais si c'est la peur de l'engagement, le poids du mariage qui te font agir ainsi, je peux le comprendre. Dis-moi tout et arrête de me laisser dans l'ignorance. »
— Oh ! Oh ! Elle est gentille ma femme…Je l'aime ma femme tu sais Lola…
— Oui je sais Simon. Attends, un nouveau message vient d'arriver. Elle ajoute « PS : Si tu me trompes, je te maudirais à vie ! Et je garderais le…
— Le quoi ? Le moral ? Le vélo d'appartement ? Le quoi ?
— …je garderai le bébé loin de toi. »
— Oh…
— Tu vas être papa ? Et tu ne m'as rien dit ?

Certains mots peuvent créer un électrochoc. Ce mot de « bébé » semblait avoir ramené Simon dans un état conscient. Enfin, juste assez conscient pour pouvoir aligner quelques mots…trop conscient pensait-il…il reprit allègrement un verre de vin cul sec pour entamer son explication.

— Oui…je suis navré…mais tout ça…c'est beaucoup d'un coup…tu dois comprendre maintenant. Le mariage un peu précipité, la pression que je ressentais. Elizabeth est vraiment une fille exceptionnelle tu sais. Vraiment. Je ne comprends pas ce qu'elle fait avec un incapable comme moi. Pas foutu d'écrire un roman digne de ce nom. Pas foutu de rester le jour de son propre mariage ! Et en plus elle semble prête à pardonner mon départ…c'est insensé !

— Ca montre que…

Simon ne la laissa pas terminé sa phrase. Il était plongé dans ses pensées qui jamais ne lui avaient parues si limpides. Il continuait, à haute voix, mais semblait se parler à lui-même.

— Pendant longtemps j'ai cru que l'amour était un sentiment réservé aux êtres parfaits, aux gens beaux et heureux. Si je n'allais pas vers les filles, c'est que j'étais persuadé, profondément, que d'autres le méritaient plus que moi. J'étais même, souvent, heureux pour eux. Et ton histoire avec Luc, puis ton départ à nouveau, m'ont conforté dans cette théorie que l'amour est un sentiment noble destiné aux privilégiés de la nature. A ceux qu'on voit dans les films, à ceux qu'on lit dans les livres…pas aux gars comme moi…et Elizabeth est arrivée…comme par magie. J'ai cru, pendant quelques temps, qu'elle se jouait de moi, qu'elle s'ennuyait dans la vie et qu'elle voyait en moi un passe-temps amusant. Quand j'ai compris qu'elle m'aimait vraiment et que ce sentiment que j'avais éprouvé si longtemps à sens unique était, cette fois, réciproque, quel bonheur j'ai eu ! Je voulais le partager avec toi Lola…je voulais te montrer que je pouvais réussir de belles choses…mais tu étais loin…avec je ne sais quel espèce d'apollon à deux sous…

Rogère, comme si elle guettait les moments de latence, refit une intrusion dans le diner pour resservir ses convives. Deux verres ingurgités dans la seconde.

— Quand je t'ai vu au mariage….j'ai pensé que je faisais fausse route…j'ai vu toutes ces années sans toi, tous ces courriers inutiles qu'on s'envoyait, tout ce mal que tu m'as fait quand je suis venu te voir à Berlin. « Nein » qu'ils disaient, ces deux zigotos ! « Nein ! Nein ! » ces deux grosses raclures…
— Je suis navrée pour ça…
— ….et j'ai compris qu'aucun amour, aucun enfant ne pourrait combler ton absence Lola. Emmènes moi avec toi, je t'en prie !

A présent, le flot de paroles déversé par Simon ne trouvait plus réellement de retours. Lola, elle aussi, vacillait doucement sur sa chaise, manquant la chute à plusieurs reprises, saturée de ce vin aux allures de somnifère. Simon, les jambes perdues dans le vide, admirait comme il le pouvait cette Lola ivre de vin et ivre de vie, dont les cheveux semblaient se relâcher, partir dans tous les sens depuis quelques minutes. Boire lui donnait les cheveux frisés. Ca l'amusait. Qu'elle était belle Lola ! Quel magnifique sourire elle avait ! Quel étincelle en elle lorsqu'un mince rayon de soleil lui éclairait le visage ! Un ange. Son ange.

— Demain, tu vas repartir…On va encore se perdre de vue…et tant de choses n'auront pas été dites…Des secrets qu'on n'aura pas su se dire Lola…
— Hop hop, tu as trop bu toi ! Rogère venait encore les resservir mais, devant l'attitude de Simon, décida de reprendre avec elle la nouvelle bouteille qu'elle avait prévue.
— Rogèèèèère ! cria Simon, je suis si heureux avec ma Lola…Je vais vous dire un secret…

Simon chuchota de brèves paroles à l'oreille de Rogère qui se tourna ensuite vers Lola avec le sourire.

— Toi aussi, tu as un secret à me dire ?

Lola se gratta le front pour réfléchir, se mit à rire et chuchota à son tour à l'oreille de Rogère. Cette fois, l'aubergiste eut le visage traversé par la surprise, visiblement décontenancée par le secret de Lola. Déçue, aussi, peut-être. Elle jeta un regard ému vers Simon et ajouta, en partant :

— Je ne vous dévoilerai pas ces secrets…En tout cas pas tout de suite. Vous n'êtes pas en état ! Rogère prit à témoin Simon et Lola, ivres à souhait tous les deux, sortit deux papiers de sa poche et inscrit dessus leurs deux secrets. Si vous êtes sages, je vous les donnerai demain ! Vous feriez mieux d'aller vous coucher…vu vos têtes mes enfants ! Quelle idée j'ai eu de leur filer ce vin moi…

Voilà comment, aux alentours de vingt et une heure, Simon et Lola s'endormirent au milieu de cette cour, deux bouteilles de vin vides sur la table et le cœur plein de mystères.

Une histoire de prison

Rogère s'en voulait. Elle avait incité ses deux convives à boire. Elle avait servi, resservi, servi et resservi encore, des verres à deux personnes qui n'étaient pas là pour ça. En fait, Rogère ne comprenait pas. Elle aimait jouer les entremetteuses, sorte de divertissement dans son quotidien lamottien monocorde, lorsque l'occasion se présentait, mais ce coup-ci avait raté. Dans les yeux de Simon et Lola vibrait ce plaisir innocent des jeunes couples, cette envie immédiate de l'autre, mais le vin servi n'avait pas servi. Une nuit passée dehors, ivres, la tête au milieu des étoiles, sur ces deux chaises en paille ; fin d'escapade interdite pour le moins émoustillée. Lendemain difficile, gueule de bois et nuit de quinze heures. Triste. Et pourtant. La tête lourde, les yeux vaseux et vides, Simon et Lola s'efforçaient de cacher leur douleur tout autant que leur mal être. Ils devaient se séparer, à nouveau. Ils devaient se montrer forts – quelle bêtise !- à nouveau. Ils devaient se promettre tout et son contraire, à nouveau. Sans trop en faire, évidemment. La retenue avant toute chose.

Lola quittait Lamotte vers l'est, Simon vers l'ouest, tels deux navires séparés par des vents contraires. Encore imprégnés de la couleur rouge flottant de cette journée, tous les deux tanguaient vers deux horizons, chacun rappelé au triste sort de sa prison personnelle.

Lola quittait Lamotte en vélo. L'idée de traverser ces routes à petite vitesse lui plaisait. Le ciel grisâtre laissait présager quelques averses, mais son cœur était déjà inondé de remords. Elle se retournait, pour apercevoir le taxi de Simon s'éloigner lentement. Il n'était plus qu'un minuscule point à l'horizon, déjà bien loin – trop loin – son Simon. Elle pédalait, accélérait puis décélérait, accélérait encore, sur cette route où trônaient des miettes de gravas, d'où fumait toute la chaleur rance de l'été. Ce vélo-là la ramenait vers sa prison. Impossible d'y échapper. Elle aurait pourtant voulu, rêvé, que ces deux roues lui fassent rattraper ces six années d'absence. Durant ces dernières heures avec Simon, elle l'avait bien vue, cette souffrance qui gorgeait son corps. Muet, comme toujours, il avait enduré en silence. Elle aurait dû lui expliquer, lui dire qu'il avait vu juste au sujet de son départ vers un autre que lui. Que cet homme…depuis six ans...l'effrayait. Que son souhait le plus ardent était celui de rester avec Simon, uniquement et seulement lui. Que l'autre n'était que douleur. Que Simon était plus que jamais son poumon gauche, son oxygène dans le marasme et la décadence de sa vie. Que depuis six ans, la présence de cet autre était un cauchemar infini. Le petit miroir accroché à son guidon de vélo lui renvoya alors son image, celle d'une femme faible, diminuée, clouée par l'alcool de la veille, et lui arracha un sourire, celui de penser que si la police l'interpellait, elle serait probablement arrêtée pour conduite en état d'ivresse. Elle rit, l'espace d'un instant. Entre la cellule de dégrisement d'un commissariat de police et la prison humaine qui l'attendait, Lola ne voyait aucune différence. Après quatre heures d'effort, de multiples arrêts au bord de la route, avec elle et les gravillons comme uniques témoins, les deux jambes bien empruntées, la nuit commençait à chasser le jour. Elle laissait sur ce vélo une énergie tiède et une chaude mélancolie. Un deux trois quatre et cent coups de pédales encore, et la forme arrondie couleur café de ce bâtiment où l'attendait son bourreau. Tout ce qu'elle voulait : rire. Faisant tournoyer sa robe, redevenant petite Lola, elle tournait pour ne plus s'arrêter, pour échapper à cette réalité, et elle respirait le parfum de joie qui lui arrivait aux narines. Tourner, rien d'autre, et rire, surtout. Un tournis sans précédent lui remplissait le crane, mais elle était vidée, elle pouvait se livrer à lui. Lola gémissait, appelait, criait Simon au milieu de cette tendre noirceur nocturne. Elle l'avait laissé partir. Elle le voulait si fort, mais ne l'aurait plus. Elle devrait le laisser tranquille, avec sa femme, sa famille, son enfant ! Le vélo attaché, Lola entra dans le bâtiment. Au bout de quelques pas, elle l'aperçut. Les rides de son front étaient franches, ses yeux durs lui envoyaient trois éclairs dans l'estomac et ses paroles lui extirpaient ce qui lui restait de forces « Te revoilà enfin ! Où étais tu partie ? », lui lança-t-il. Silencieuse, Lola baissait les yeux comme une petite fille auteur d'une bêtise. « Bon…Nous reparlerons de tout ça demain… », conclut-il sous ses grosses lunettes, « Va te coucher, tu sais que tu ne dois pas partir pourtant » l'air agacé. Lola avait fauté, elle devait maintenant obéir à ses volontés, comme depuis ces dernières années. Encore quelques gestes, puis elle regagnerait son lit. Regarder au loin dans le néant du ciel sombre, se dire que Simon n'est plus à elle. Regagner son lit et, tout en fermant les paupières , laisser rayonner ces dernières heures d'innocence, pour continuer à vivre douloureusement dans la prison de sa vie.

De l'autre côté, Simon tanguait entre un mal de tête à base de vin et un mal de cœur à base de Lola. Le vélo rouge avait déjà disparu derrière lui dans le vent de ces chemins de campagne sinueux au parfum de poussière. Il s'apprêtait à retrouver sa « vraie » vie. Cette échappée belle avec sa Lola, cette parenthèse dorée, ce rêve enchanté, avait été vécu sur une autre planète. Chaque virage prit par le taxi faisait tournoyer dans sa tête le visage de Lola. Elle qui semblait si fébrile ce matin-là, si faible, si pâle. Presque craintive, quand il y repensait. Une heure de route, toujours ce cognement dans sa tête et, bientôt, l'image d'Elizabeth...comment allait-elle réagir ? Il s'apprêtait à lui déballer de beaux discours, à lui mentir...mais ça ne marcherait pas. Elle était tellement plus forte et plus maligne que lui. Il serait démasqué immédiatement. Arrivé devant chez lui, Simon voulait faire demi-tour, mais Elizabeth attendait, comme si elle avait anticipé son retour. Prostré en bas des marches, sous le regard sanguin de son épouse, Simon adoptait une position de petit garçon innocent attendant sa punition. « Tu m'as trompé avec une autre ? ». Muet, Simon. « Réponds moi ! Tu m'as quitté pour une autre ? », la voix du diable semblait s'être emparée du corps d'Elizabeth. « Non ». « Tu le jures ? ». « Oui ». C'en était terminé. Elizabeth pouvait se montrer hargneuse, dure, brutale, mais accordait une confiance totale aux paroles de Simon. Sa bonté de monarque, sans doute. Elle lui avait pardonné. Comme ça ! Ce qu'il ne comprenait pas, mais qui l'arrangeait bien. Alors pourquoi, dans ce moment où le baiser donné par Elizabeth aurait dû le faire vibrer, lui rendre l'assurance d'un jeune marié, pensait-il encore à Lola ? Son mariage devait être sauvé, mais Lola aussi. C'était elle avant tout autre chose. Tout le reste n'avait pas de sens. Des idées de fuites le reprenaient. Il voulait partir, courir, fuir pour retrouver Lola. Quel abruti il était ! Pourquoi ces mots qu'il griffonnait depuis toutes ces années ne sortaient jamais de sa bouche ? Pourquoi ne parvenait-il pas à dompter la chimère de Lola, à lui réciter tout ce qu'il écrivait sur elle ? Ces milliers de phrases enfermées à tout jamais dans ces cahiers à spirales bon marché ne sortaient jamais de sa gorge quand elle était devant lui. Une détresse profonde le soulevait, puis il posa les yeux sur le ventre légèrement rebondi d'Elizabeth. Simon comprenait. Ce bébé méritait un père, il n'y pourrait plus rien. Revenu de ses ambitions de fuite, il savait que partir était impossible, il passa maladroitement sa main dans les cheveux de sa femme et songeait qu'il devait continuer à vivre douloureusement dans la prison de sa vie.

Une histoire de couche

Un récit est une succession d'événements ayant un début, une intrigue et une fin. Mais ce qui est vrai pour tous les autres ne concerne pas, ne concernera jamais, celui de Simon et Lola. Si le 18 décembre 1981, à 1h12 précise, marque le début de leur histoire, il n'est pas possible de parler de fin. Le lien qui les unit va bien au-delà de toute logique narrative, de toute structure logique habituelle. Evoquer une fin temporelle n'aurait pas de sens, car ces deux-là existeront encore, par de là les âges, dans cinquante, cent ou deux cents ans. Avant de lire cette dernière partie, il était important de le signaler. Très important.

. Le mal de crâne est bien loin. Huit mois se sont écoulés depuis l'escapade insouciante de Simon et Lola. Leur excès d'alcool, la longue nuit de sommeil, assis sur leurs chaises, dans cette petite cour, est désormais derrière eux Le soleil et la tronçonneuse de Rogère les avait réveillés, puis chacun était parti vers son « chez lui ». De cette journée dorée des images, des clichés sont restés gravés, et une nouvelle promesse est née. Chacun est reparti avec une enveloppe fermée, dans laquelle Rogère avait griffonné leur « secret » respectif murmuré à son oreille. Tous les deux s'étaient promis de garder précieusement cette enveloppe et de ne l'ouvrir qu'un an plus tard (précisément un an plus tard). C'est donc tout ce qu'il reste de cette aventure à Lamotte : des images dans la tête et une enveloppe fermée.

Simon ne pense pas à ça ce matin. Il ne pense pas non plus que la journée s'annonce radieuse, avec une température proche des vingt degrés. Il a d'autres préoccupations liées à sa nouvelle fonction Devenir papa n'était pas vraiment inscrit dans son ADN et il doit apprendre, chaque jour un peu plus. Aujourd'hui, son petit garçon fête ses quatre mois. C'est beau, d'avoir quatre mois, mais Simon a du mal à saisir l'importance de ces célébrations mensuelles de l'anniversaire des bébés. Devant lui, son fils – « son » fils ! – semble si calme que ça l'étonne. L'odeur de caca tout frais qui lui arrive alors aux narines lui confirme sa fausse joie. Avant qu'il n'ait le temps de donner la mission « changement de couche » à Elizabeth, il s'aperçoit qu'elle enfile son manteau pour quitter la maison. « Je reviens dans deux ou trois heures » lui lance-t-elle en toute hâte en refermant la porte. Sa femme lui parait de plus en plus belle, comme si la maternité lui avait donné une nouvelle jeunesse. Simon repense alors au moment délicat de son retour à la maison, huit mois plus tôt. Lorsqu'il avait dit adieu à Lola, il pensait que revenir auprès d'Elizabeth ne serait pas une tâche facile. Il sourit en pensant aux scénarii qu'il avait inventés pour expliquer son départ : un kidnapping, une crise d'appendicite, une énorme indigestion...bref tout l'attirail du menteur inexpérimenté. Depuis, ils vivent tous les deux en parfaite harmonie (à une ou deux, ou trois...enfin à plusieurs disputes près) Elizabeth lui apprend son rôle de père, elle le guide, et Simon adore cette posture d'élève qui lui donne encore le droit à l'erreur. Sauf maintenant, avec ce changement de couche, symbole d'une époque où de vieux adolescents deviennent souvent de jeunes papas. Heureusement, les leçons du professeur Elizabeth fonctionnent et l'exercice s'avère moins périlleux que prévu.

Simon fixe la pendule de la cuisine. Elle affiche onze heures. Il écoute chaque « tic » de l'horloge, commence à fermer une paupière, à pencher la tête et se dit que quelques minutes de sommeil ne lui feront pas de mal. Ca fatigue, la paternité. Il est donc d'autant plus difficile pour lui de se faire réveiller par la sonnette de l'appartement, au passage précis de l'état de penseur à celui de dormeur. Après un léger soubresaut, il enfile ses chaussons et se dirige vers la porte. Il la reconnait tout de suite. Aucune hésitation possible, c'est elle. Pourtant, il ne voulait pas la voir….pas aujourd'hui…cette veste, il la voit tous les jours, celle des employés de la Poste. Contraint et forcé, il ouvre la porte.

— Je me disais bien que c'était chez toi, vieille canaille ! lui lance le facteur, sur le palier de sa porte, un colis à la main. Voilà pour toi Simon !

Il ne comprend pas trop, et se dit en même temps qu'il a totalement oublié le prénom de ce collègue. Pas de chance, son badge ne l'indique pas.

— Merci…l'ami !

Cette manière de parler ne correspond pas à Simon, qui fronce le sourcil en se demandant pourquoi il a utilisé ce mot. Qu'importe, il reçoit le colis dans ses mains et appose une signature sur le bon de livraison. Il se demande alors pourquoi le facteur ne s'en va pas. Pour couper court, il lui formule un « Bon..salut vieille canaille ! » qui sonne tout aussi faux que sa précédente phrase et lui ferme la porte au visage. Une fois la porte fermée, il saisit que l'autre voulait sans doute entrer boire un verre, ou discuter un peu. Tant pis. C'est mieux et plus simple comme ça.

Il regarde le landau, voit que le bébé dort et s'en va ouvrir son colis tranquillement, assis sur le canapé du salon. A l'intérieur, une feuille pliée en deux et un DVD. Sur la feuille est inscrite une adresse, sans aucune autre indication, rien d'autre. Sur le DVD est écrit « Pour Simon ». Il l'insère dans le lecteur, soumis à l'interminable attente du temps de chargement. D'un coup, dans l'écran en face de lui apparait Lola. Assise, tout simplement, sur une chaise, un mur blanc derrière elle, le regard fixé sur la caméra. Au bout de cinq secondes, elle commence :

— Bonjour Simon. J'espère que tu vas bien. Comme tu l'as remarqué, je ne t'ai pas donné de nouvelles depuis ces huit mois…je te prie de m'excuser…encore. Tu vas finir par vraiment me haïr…j'espère aussi que ton retour auprès d'Elizabeth s'est bien passé et que ton bébé va bien. Je parie que c'est un petit garçon ! Bingo non ? En tout cas sache que ça m'a fait un bien fou de te revoir.

Stressée, en manque de souffle, Lola marque une longue pause. Cette introduction a été maintes fois répétée, Simon le sent bien. En bas de l'écran, il lit « 02/03/2009 – 04h32 » Elle pèse ses mots, croise les jambes, et continue. Un écran noir, coupure d'un monologue revu et corrigé, preuve que le discours a été repris, récité, encore et encore et au bas de l'écran est écrit : « 02/03/2009 – 05h12 »

— J'ai bien senti que tu avais des doutes sur mes récits de voyage, sur mes rencontres…et tu avais raison. Quand je suis partie il y a…sept ans… suite au décès de ma mère, j'étais perdue. Je partais avec une idée, une lubie : fuguer ma vie. Va savoir pourquoi…cette expression me plait. Ce départ non prévu, le réconfort que tu m'as donné ce soir-là…ne m'ont pas convaincue à rester. Encore une fois, j'ai pris une décision irréfléchie. Je voulais partir loin, tout découvrir, faire mes bagages pour me retrouver de l'autre côté du globe, mais avant il me fallait une dose d'adrénaline, une sorte de relâchement total. Je voulais de la folie…j'ai atterri seule dans une discothèque aux allures sordides. J'ai dansé, rit, et beaucoup bu. Devenue proie idéale et facile pour les lamentables séducteurs de boites de nuit perdues, je suis tombée sur un homme qui m'a proposé un verre. C'était Matteo. Celui que je t'ai inventé dans mes histoires de voyage existe, mais je l'ai rencontré ici. Tout bêtement. Tout est allé très vite ensuite, et pour tout te dire, je préfère t'épargner certains détails. Ce que tu dois savoir, c'est que cette raclure m'a entrainé dans ses histoires. Tous les soirs, on sortait, on dansait, on buvait, on changeait de lieu, de ville, de danse, et fatalement j'oubliais tout. Sauf toi, Simon, tu étais toujours dans un coin de ma tête. A chacun de mes pas sur les pistes, un souffle d'air s'envolait en ta direction. Un soir, Matteo a trop bu. Il m'a convaincue de le suivre dans ses délires, dans ses envies d'extase. J'ai fini par prendre un peu de substances défendues. Une fois. Une seule fois, je me l'étais juré….mais ce mal m'a gagné. En deux, peut-être trois mois, j'étais accro. La sensation de paradis me faisait occulter tous les risques. Je voyageais sans bouger, je voyais des mondes que je savais inatteignables autrement, des couleurs insoupçonnées, des sensations jamais ressenties, je croyais voir ma mère, lui parler, et plus je consommais, plus je m'enfonçais dans ce tourbillon de délires psychédéliques. Et puis, un lendemain de fête, j'ai trouvé Matteo inerte, à côté de moi sur le lit. Mort. J'ai appelé les urgences, qui ont conclu à une overdose. Mes pauvres efforts pour masquer mon état étaient vains. Ils m'ont emmené immédiatement en hôpital où je suis allée en désintoxication. Tout ceci en quelques mois, à peine. Je me rendais compte de ma bêtise, me promettant de vaincre ce mal qui m'avait frappé. Mais on ne prévoit pas les conséquences de nos idioties. Je me demandais sans arrêt pourquoi ? Pourquoi partir si c'était pour agir comme une conne ?

Nouvelle pause. L'écran se coupe l'espace d'une nanoseconde. En bas de l'écran « 02/03/2009 – 06h02 »

— La drogue, la désintox, je me sentais honteuse d'avoir fait ça. J'en reviens toujours pas de prononcer ces mots…face à toi. Je ne pouvais plus me montrer devant toi avant de me sentir parfaitement moi, remise de ces délires. Les autres, je m'en moquais, mais je me battais pour toi. Pour revenir au plus vite et repartir comme avant, dans ton appartement rien que tous les deux. J'ai voulu me protéger en te demandant de correspondre par courrier, pour gagner du temps, avec ces lettres manuscrites qu'on s'envoyait…pour lesquelles j'avais trouvé un accord avec le facteur…il me ramenait toutes tes lettres directement, sans les envoyer, et ainsi faire croire qu'elles me parvenaient. Tout ce que je voulais voir, tous ces endroits où j'aurais aimé aller, je ne les ai jamais vus ailleurs que dans ma tête. J'ai bien reçu la lettre où tu me dis être venu me voir à Berlin…je n'ai jamais osé te répondre à ce sujet… je me sentais si honteuse…je ne pouvais plus faire machine arrière mais sache que...une fois que je me suis sentie prête...j'étais revenue te voir.

Coupure. « 02/03/2009 – 06h48 »

— Tu croyais vraiment que...six ans...tu croyais vraiment que pendant six ans j'aurai pu te laisser ? Vraiment...fin 2004, ton absence devenait pesante, et après ta lettre, j'étais chamboulée. Je voulais tout te dire, une bonne fois pour toutes, t'expliquer pourquoi je n'étais pas à Berlin. Mais encore une fois, le destin ne m'a pas laissé le temps de m'exprimer. Figure-toi que tout était prêt, j'allais tout te dire, tout t'avouer, et quand je suis arrivée chez toi, je t'ai vu avec cette fille. Avec Elizabeth. Ton bonheur, ton air radieux, je ne les avais jamais vus aussi intenses. Vous échangiez quelques mots et dans ton regard semblaient scintiller toutes les étoiles de l'univers. J'ai compris que j'aurais pu détruire ton bien-être. Je t'ai guetté plusieurs fois, de loin, et je te voyais toujours si gai ; alors j'ai préféré t'épargner mes malheurs encore quelques temps. Je savais que mon absence prolongerait ton bonheur. Comme pour me punir de mes conneries, sans doute, je préférais ne pas venir te voir. Je veillais sur toi, de là où j'étais....et d'où je suis.

Un léger bruit de fond perturbe le discours de Lola. Simon discerne mal les voix mais on entend vaguement crier, et d'un coup la caméra semble être bousculée. L'angle dévie de quelques centimètres, laissant poindre un lit recouvert de draps blancs. Perturbée l'espace de quelques secondes par les mouvements de côté, Lola coupe l'enregistrement. « 02/03/2009 – 07h13 » Elle reprend :

— Tu croyais que j'étais partie pour un homme...encore...et c'est le cas. Il y a Matteo, oui, cet abruti, mais pas seulement. Celui qui m'accompagne depuis des années porte une blouse blanche, me fait des tests à n'en plus finir et me donne toute sorte de comprimés. Il me fait souffrir. Une souffrance nécessaire pour guérir. Sache-le, voilà la vérité. Ce que j'ignorais, c'était que le mal dont souffrait ma mère était héréditaire. Après plusieurs analyses, les médecins ont décelé que la prise de drogue avait fortement diminué mes capacités à me prémunir du risque de maladie. En résumé, mon système de défense interne était au plus bas. Le moindre petit virus pouvait me tuer. Au bout d'un an, le sevrage était total, mais j'étais dans un univers de surprotection. Je ne voulais pas que tu t'inquiètes pour moi et que tu laisses filer ta vie à cause de mes ennuis de santé. Le docteur tentait de me réconforter mais savait mon état dramatique. Mon tour du monde a donc été un tour de cet hôpital. Résultat : plus de cinq années de médicaments, de traitements, cloitrée dans ces quelques pièces, isolée de tout, isolée de tous, avec en point de mire le seul espoir de sortir un jour d'ici pour te serrer dans mes bras. On me laissait simplement un accès à l'ordinateur une ou deux heures par jour. Je devais restée cloitrée le plus possible. Répondre à tes mails, à tes lettres, c'était tout ce que j'avais. Et puis…il y a huit mois… Lola marque clairement une pause….Elle reprend sa respiration et poursuit : Il y a huit mois, je n'en pouvais plus. J'étais très faible, mais peu m'importait le mal face au mal si puissant de ne plus te voir. J'ai appris que tu te mariais, alors j'ai fui cet hôpital. Elizabeth et toi pourrez, j'espère, pardonner mon égoïsme mais j'ai voulu passer ce dernier jour avec toi…le jour même du mariage. Ce n'était en rien un accident. Etre avec toi, le jour de ton mariage, je ne voulais rien d'autre. Je te voulais pour moi, pour moi seule, avec l'impression égoïste d'avoir été la seule à partager ta joie. Je me suis enfuie de cet hôpital pour te voir, sans rien dire aux docteurs. Autant te dire que j'ai été surveillée de tous les côtés à mon retour ! Mais cette fuite valait toutes les réprimandes !

L'œil de petite fille que j'avais perdu, ces années enfermées entre ces murs, je l'ai retrouvé dès que tu m'as souri. Retrouver Luc et le frapper, se balader dans ce petit village, finir ivres tous les deux…Quelle jouissance pour moi de me sentir en vie !

Simon n'est pas certain de tout saisir. Trop de mots, trop de révélations dans les paroles de Lola. A l'arrière-plan, deux infirmières passent. Un nouveau voile se hisse devant les paroles de Lola. « 02/03/2009 – 08h08 »

— Te souviens-tu de ces secrets qu'on s'était promis de lire un an après ? J'ai mon enveloppe, juste là. Je me demande bien ce que tu as pu confier à Rogère…Si tu le permets, je vais l'ouvrir. J'ai l'impression de revivre ces heures de cours où tu m'envoyais les réponses des interrogations sur des petits bouts de papier. Délicatement, Lola sort la feuille de son enveloppe.

Simon en profite pour se lever et aller chercher dans sa veste l'enveloppe contenant le secret de Lola. Le vin ingurgité ce soir-là le fait douter sur son « secret ». Qu'avait-il dit à Rogère ? Il revient, tout juste pour ouvrir la lettre en même temps que la vidéo de Lola. En lisant, il est surpris. Griffonné sur ce petit bout de papier, il épèle à haute voix : « Le pantalon bleu de Simon est troué » C'est ça le secret de Lola ? Elle avait gardé pour elle le fait que son pantalon était troué ? Il reste statique, muet, et regarde à nouveau l'écran, où le visage de Lola se raidit encore plus. Elle tient dans sa main l'enveloppe, et toute la fausse gaité qu'elle tentait de mettre dans son discours, jusqu'ici, disparait d'un coup. L'air blême, elle découvre le secret de Simon : « Je suis amoureux de Lola depuis le 18 décembre 1981, à 1h12 » Elle pâlit de plus en plus, semble démunie face à ce secret, émue, elle ne veut pas craquer. Une petite larme, presque invisible, descend le long de sa joue droite, tandis qu'elle tente de parler. Les yeux fixés sur l'enveloppe, elle tremble de tout son corps.

— Il faut que tu le saches, au moment où tu verras cette vidéo…je ne…serai plus là. Depuis quelques jours, mes forces me font défaut et je mets tout ce qu'il me reste dans ce message. Un sal microbe a dû prendre le dessus sur moi mais ça en valait la peine. Je n'ai pas de mots assez forts pour te remercier, pour te dire à quel point ta présence a été fondamentale dans ma vie. Je n'ai pas d'explications au fait d'être partie pour d'autres hommes, alors que tu as toujours été mon seul point d'appui. J'ai cherché ailleurs ce que, de toute évidence, j'avais juste à côté de moi. Toi, Simon. Toi et rien que toi. On dit souvent que la vie est trop courte, en ce qui me concerne elle a galopé. Ces années perdues ici, pour combattre ce monstre imbattable, ces bêtises que j'ai pu faire…m'ont fait comprendre cette phrase que j'ai lue récemment : le temps d'apprendre à vivre, il est déjà trop tard.

On distingue une voix fluette qui appelle Lola, semblant lui dire que le petit déjeuner est prêt. Lola prend difficilement appui sur sa chaise, se lève et approche le visage de la caméra. Elle porte sa main à sa bouche, pour en envoyer un baiser en direction de l'écran. Et, de manière à peine perceptible, elle entrouvre les lèvres d'où sort un discret « je t'aime ». Son doigt s'approche alors de la caméra où l'image laisse place à un dernier écran noir.

Un écran noir se dresse aussi devant la vie de Simon. Que venait-il de se passer ? Dix minutes plus tôt, il changeait une couche, faillit s'endormir dans la cuisine, et maintenant Lola était morte ? Rien n'a pourtant bougé autour de lui. Le bébé dort toujours, la pendule continue de sonner ses « tic-tac », le soleil frappe encore sur le toit des maisons, mais Lola…est morte ? A la passivité succède alors la culpabilité. Simon se sent rongé par un mal qui le dépasse, par cette impression qu'il n'a pas su aider – et sauver – sa Lola, qu'il l'admirait tellement qu'il avait peur d'intervenir dans sa vie. La laisser partir sans demander d'autres explications, espérer en vain son retour pendant toutes ces années...Tout était de sa faute. « Lola...est morte ? ». Trois petits mots, qui jamais n'auraient dû se retrouver ensemble dans une même phrase, circulent dans son crâne.

Cloué dans ce canapé à regarder un écran noir, il espère se réveiller pour sortir de ce mauvais rêve. Et il se souvient de cette feuille qui accompagnait le DVD. Il lit, relit des dizaines de fois cette adresse dont il ne sait rien. Il remarque, en bas de la page, une phrase qui lui avait échappé : '' Prends ton temps. Je t'attends '' Sans réellement réfléchir, il emporte avec lui son bébé, monte dans la voiture et rentre le lieu inconnu dans son GPS. Une trentaine de minutes lui seront nécessaires pour atteindre son point de destination. Dans son esprit trotte cet insupportable « je ne serai plus là » et cette vision d'une Lola inerte, sans forces, morte. Ces paysages qu'il traverse en voiture sont aujourd'hui différents. Leur goût est d'une fadeur totale, leurs couleurs sombres et ternes, il manque à deux reprises de percuter un arbre, sa concentration s'évapore petit à petit dans le vide. Et ces minutes, ces saletés de minutes qui ne défilent pas assez vite ! Avance !

Avance ! se répète-t-il en boucle. A la radio, Simon réagit enfin, passe une chanson qui accroche son attention. Un chanteur à la voix de lycéenne entonne un refrain aussi fade que déroutant « Les gens ne vivent pas comme ça, Lola ! » répète-t-il en boucle. De la lave semble envahir le cerveau de Simon, bouillant, impatient et incrédule aux paroles de l'animateur radio. « Et c'était Allan Théo avec son tube mythique Lola ». Le pied toujours écroulé sur l'accélérateur, il préfère oublier ce clin d'œil mesquin des ondes FM. Et enfin, il atteint l'adresse. Là, rien. Absolument rien. Aucune maison, aucun immeuble, aucune cabane pour abriter quelqu'un. A quoi rime tout ça ? Il regarde, pour la centième fois sans doute, cette adresse. Il ne s'est pas trompé, c'est bien ici. En tournant la tête, il comprend enfin. Sur sa droite, ce qu'il se refusait à croire lui remonte dans l'estomac et lui serre la gorge. Il sait qu'il a le temps, que tous ces efforts de vitesse étaient vains. Il se gare, paisiblement, sort de sa voiture, remet le petit dans le landau avec toute la justesse que demande cet exercice, et va franchir la porte de ce lieu qui lui donne des frissons. Au-dessus de cet imposant grillage, une inscription qui lui extirpe le cœur : *Cimetière municipal.* Voir Lola pleurer était une épreuve, voir ces deux mots est un supplice. Les jambes raides, Simon pénètre dans le repère des morts en poussant son landau. Scène insolite d'un jeune père qui amène son fils au cimetière avant même de l'avoir emmené à la crèche. Il cherche ce qu'il redoute depuis plusieurs minutes, avec une assiduité toute relative, et arrête le landau une fois la tombe trouvée. Pas de photos, pas de fleurs, juste un nom, celui de sa Lola, et une épitaphe équivoque : « Grande naissance, petite mort ». Ce qui frappe immédiatement Simon, c'est cette seconde tombe accolée à celle de Lola, creusée mais vide, encore remplie de terre. Il scrute, inspecte et saisit le mot de Lola écrits au bas de l'adresse « Prends ton temps, je t'attends » L'emplacement est pour lui, son nom est déjà inscrit sur la pierre tombale. Vingt-huit ans plus tôt, bébé Simon et bébé Lola naissaient en même temps. Elle avait fait en sorte que leurs dépouilles gisent ensemble, pour l'éternité. Ici, personne ne pourrait plus jamais les séparer. On parlerait de Simon comme on parle de Lola. Ces deux êtres si unis et constamment divisés par la puissance des événements, réunis à jamais. « Quelle magnifique idée…ma Lola…c'est le seul endroit où je veux passer ma mort », murmure Simon. Il en avaient vu des lieux, ensemble, mais Lola morte, c'est sa vie qui parade devant lui. Il revoit tout, en quelques secondes à peine, des clichés approximatifs qu'il garde de la petite enfance, des cours de français où lui et Lola étaient deux parmi une masse d'imbéciles, ces heures passées chez lui à l'admirer en train d'hocher la tête sur le son des Kinks, la douloureuse épreuve Luc, la merveilleuse réapparition, les amphithéâtres et cette manif, l'encore plus douloureux départ, ces lettres écrites pour du vent, son absence pesante, son mariage, cette escapade inattendue...et tout son aveuglement ! Comment n'avait-il pas remarqué la souffrance de Lola ? Tout lui revient, lui explose à la tête désormais. Elle était faible, c'était si évident, elle désirait plus de soutien, c'était logique ! Sa maigreur, sa difficulté à rire, à manger, à respirer...Il n'avait rien vu pendant cette journée ! Quel idiot...ne lui avoir rien dit...quel ridicule...ce que la peur de l'autre apparait comme un sentiment dérisoire lorsqu'il n'est plus là...toute sa vie à vivre avec ce remord. Puis, il le voit. Il rit. Il voit le trou en bas de son pantalon. Il s'esclaffe, il hurle de rire au milieu de ce cimetière vide. Il le prend, ce foutu pantalon, l'enlève et l'envoie loin dans le ciel. Il est en caleçon, hilare et perdu, face à la mort de sa Lola. Il court, délire, crie, se déchaine et en veut au monde entier, à demi nu au milieu des macchabées. Il saisit la cruauté de cette mort qui emporte avec elle le parfum sucré de l'enfance, la délectable friandise de l'innocence. Elle l'a tué, le môme qui était en lui. Il doit passer dans le monde des grands, il le sait, substituer la raison à l'illusion. Le petit Simon vient de disparaitre en même temps que la grande Lola.

Maintenant, Simon sait qu'il doit le faire, il n'a plus le choix. D'autres avant lui l'ont fait. D'autres le feront encore. Après tout, ce n'est pas si compliqué. Il lui suffit d'avoir le matériel et tout pourra enfin commencer. Quelques secondes difficiles, et ce sera bon. Une chaise, pour l'utilité, et un arbre, pour le confort. Il doit en finir maintenant avec ce démon qui le hante. Il le doit à Lola. C'est pour elle qu'il va le faire. C'est le seul moyen d'être unis tous les deux aussi fort qu'il le souhaite.

Transporté, il ne peut plus faire machine arrière. Il prend cette vieille chaise rouillée, la met sous ce vieux chêne, s'assoit, sort un crayon et un calepin de sa poche. Emporté par la tristesse, par l'inénarrable douleur de la mort de Lola, il divague toujours mais le sait, son sujet lui apparait évident, son roman sera motivé par elle et pour elle, comme elle le lui avait demandé huit mois plus tôt. Et dans une inspiration irrépressible, il commence par le titre : « Petites histoires sur Simon et Lola »

Une histoire de fin

« Un mort qu'on abandonne est mort deux fois »

Simon ne sait plus où il a lu cette phrase, signée de l'écrivaine Marie Le Franc, alors qu'elle clôt le dernier chapitre de la dernière page de la dernière ligne de son livre. Trois ans de travail, à lire et relire les mêmes mots, à se prendre la tête à deux mains pour juger de la pertinence d'un point-virgule, et sa Lola dont les gestes et la respiration flamboient à nouveau, à travers sa plume. Ecrire sur elle restera probablement l'aventure la plus palpitante de son passage sur terre. Ce livre est son totem, son point d'appui au sol, un petit bout de Lola dont il aurait empêché le céleste envol. Dans quelques mois son livre pourrait trôner lui aussi sur les étagères poussiéreuses d'une vieille librairie de quartier ou dans les allées lumineuses d'une grande surface. Qui sait. Adossé à son siège de bureau, Simon ne quitte pas son œuvre des yeux. Le trésor de sa vie tenu entre ses deux mains moites. Et ce calendrier qui dénote inlassablement la lourdeur du temps. Le jour de son mariage et son départ impromptu vont bientôt rejoindre la catégorie des anecdotes nostalgiques, de celles qu'on raconte aux repas de famille autour d'une bouteille de mousseux. Le temps lui a pardonné.

Aujourd'hui, le calendrier indique un 15 septembre 2012 à la symbolique angoissante, date du départ de Lola. Dix ans que le jeune Simon crédule avait laissé filer sa muse sans lui demander d'explications, sans la forcer à tout lui dire, assis bêtement dans l'herbe entre deux cours en amphi, à la laisser partir seule dans l'incertitude. Dix ans de regrets et d'idioties puériles, qu'il s'apprête à fêter seul, dans son trop petit bureau. Dix ans…cent vingt mois…des jours à n'en plus finir et des heures à en perdre la tête. La relique de cette nuit avec Lola en guise de commémoration. Ce 15 septembre 2002, le départ de son ange gardien, les bribes de leur rapprochement physique ce soir-là. Il ne sait plus, Simon, si Lola et lui ont véritablement fusionné, connu l'extase charnelle, ou si ses fantasmes ont englouti la vérité. Ce qu'il sait, à ce moment-là, c'est que seul le son Kinks a la puissance de l'immortalité. Pour la millième fois – au moins – il lit ses dernières pages bercé par les arpèges gracieux du groupe anglais. Sur son bureau, il a acheté tout ce qu'il a trouvé, chaque chanson comprenant le mot Lola est là. Allan Théo, Superbus, Noir Désir, Renaud, Salvatore Adamo, tous ces esprits supérieurs qui, un jour, ont pensé à décorer leur chanson de l'or de Lola, tous ceux-là méritent leur place ici.

La tête embourbée dans les notes de musique, Simon divague, plane, rêvasse comme un oiseau emporté par la légèreté du vide. Il ferme les yeux et lui apparait, encore, cette vision d'apocalypse, de fin du monde, de Lola morte. Ses cheveux devenus les refuges des vers de terre, ses yeux perdus dans le noir, sa peau disparue à jamais. Qui d'autre que lui peut encore imaginer se blottir contre cette Lola-ci ? Les culottes courtes, les Luc, les Lamotte, les Adam, les Matteo, tous ceux-là n'ont adulé que la splendeur et la jeunesse de Lola. Lui seul serait prêt à la reprendre dans ses bras, six pieds sous terre, belle ou laide, vivante ou morte, jeune ou vieille.

Vieille…Simon n'aura donc jamais connu Lola « vieille ». En lui restera pour toujours cette image de netteté, de perfection descendue du ciel, de ce corps de velours sur ces deux jambes de coton. Ils auraient formé un joli tableau, tous les deux, du haut de leurs cent ans. Lui, accroché à sa canne, elle, agrippant son bras, écumant à deux les allées de Lamotte, de France et de l'univers. Mais non. Il n'y aura pas droit. Puis il sourit, arborant une fierté enfantine sur son visage. Il saisit que les Jimi Hendrix, Janis Joplin, Jim Morrison, Amy Winehouse, ont reçu un nouvel ange dans leur « club des 27 ». Ces étoiles disparues à vingt-sept ans ont vu arriver cette silhouette angélique auprès d'eux, donnant probablement à cette prestigieuse statue la place qui lui revenait. Lola, sublime, au milieu des astres et des légendes. A sa place.

Mais, du haut de ses trente et un an, Simon reste la même tête en l'air qu'à ses douze ans. Des banalités ménagères aux obligations administratives, il ne possède pas ce recul qui caractérise le reste de la race adulte. Pas étonnant, donc, de le voir sursauter quand il aperçoit son fils – son fils ! quand même !- pénétrer dans son bureau. Tout lui revient : trop de temps perdu à rêvasser, l'horloge qui tourne, le retard au travail, le retard à l'école, le petit-déjeuner pas servi, son fils pas encore habillé. Ca fait beaucoup. En quelques minutes, Simon prépare au mieux ce début de journée chaotique, son fils la ceinture bouclée à l'arrière de la voiture. Il le voit dans le rétroviseur, ce petit bonhomme de trois ans et demi. Il n'arrive pas à décoller son regard de sa plus belle création, de ce minuscule morceau de chair dont il est l'auteur. Lui qui remue les pieds, agite les mains pour fêter le démarrage de la voiture à papa, et s'extasie du défilé de maisons, de voitures, de feux rouges, d'autoroutes, de passages piétons, de boulangeries et enfin d'école maternelle. Il respire la candeur, il sent le bonbon à la cerise, celui qu'il mâche grossièrement, saupoudrant son petit monde du haut de son mètre-huit.

Main dans la main, Simon emmène le tout nouvel écolier dans sa classe. Tous sont là, qui le scrutent, qui comprennent déjà qu'il a fauté par son retard, tous ces un-mètre -dix fiers de ne pas être à sa place, sous les yeux inquisiteurs d'une institutrice pas vraiment aimable. « Ca fait deux fois en dix jours, monsieur Simon », grommèle la mégère en passant une main dans le gras de ses horribles cheveux roux ondulés. Ne cherchant pas – ne voulant pas – d'opposition, Simon obéit et s'excuse. Il lâche la main de son fils qui va se poser avec son petit short vert à une table au premier rang. Concentré, la petit sort un cahier rouge tout beau tout neuf qu'il pose sur son pupitre, un stylo bleu tout beau tout neuf un peu mastiqué qu'il prend en main, et dirige un regard craintif vers sa maitresse. Soudain, le réconfort vient se poser sur lui. Une main délicate à la peau de sirène lui effleure l'épaule, puis quand il se retourne en sa direction, avec un merveilleux sourire qu'on dirait tout droit sorti du chapeau d'un magicien, d'une voix sucrée, exquise, une petite fée d'un mètre-cinq aux cheveux d'or lui murmure :

— Je m'appelle Lola, et toi ?

© 2014, Fabien Giuseppi
Edition : BoD - Books on Demand
12/14 rond-point des Champs Elysées, 75008 Paris
Imprimé par Books on Demand GmbH, Norderstedt, Allemagne
ISBN : 9782322037759
Dépôt légal : septembre 2014